군을 말하다

군대 60번 간 사나이

군을 말하다

국방부·육군·해군·해병대·공군을
읽고 보는 사진 에세이

양낙규 글

이케이북

2011년 4월 합동참모의장으로 머나먼 아프가니스탄 오쉬노 부대 차리카기지를 방문했다. 당시 양 기자는 지뢰와 테러가 도사리고 있는 작전구역을 장병들과 동행 취재하겠다며 방탄조끼를 입고 있었다. 궁금했다. 그래서 "힘들고 위험한 취재를 여기까지 와서 하는 이유가 뭐냐"고 물었다. 양 기자는 "기사는 발로 쓰는 것이고, 또 장병들과 함께하고 싶었다"라고 말했다. 쉽지 않은 그의 도전은 아직도 진행형이다. 언제나 장병들과 함께하는 기자로 남아주었으면 한다.

— 한민구 국방부장관

국방 전문기자가 몸으로 쓴 글이다. 병사들에 대한 무한한 애정과 신뢰가 배어 있어 더욱 감동이다. 군에 갔다 온 대한민국 남성들이 대부분 자신의 경험에만 갇혀 있다. 양 기자의 체험은 대한민국 군을 입체적으로 담아냈다. 책을 손에 넣는 순간 남성들은 자신이 근무했던 부대부터 찾아보게 될 것이다. 그래서 이 책은 대한민국 군의 어제와 오늘이다. 그리고 오늘도 땀 흘리는 병사들의 숨소리를 통해 우리 군의 밝은 미래도 엿볼 수 있다. 이 책이 병사들에게는 위로가, 일반 국민들에게는 대한민국 군부대 안내 필독서가 되길 바란다.

— 김영우 국회 국방위원장

양낙규 기자를 처음 만난 것은 7년여 전인 2009년이다. 진정한 프로페셔널 군사 전문기자가 되겠다며 위험하고 힘든 현장취재를 마다하지 않는 모습이 인상적이었다. 필자의 웹사이트(유용원의 군사세계) 오프라인 모임에까지 참석해 군사 마니아들과 직접 소통하기도 했다. 양 기자는 그 뒤에도 변함없이 현장취재를 소홀히 하지 않았다. 그 노력의 결과물이 이 책이다. 우리나라 기자 중 양 기자만큼 다양하게 군부대 현장 체험취재를 많이 한 기자는 없으리라 생각한다. 양 기자의 노력에 경의를 표하며 앞으로도 초심을 잃지 않고 군과 함께하길 기원한다.

— 유용원 조선일보 군사전문기자 겸 논설위원

전투부대 독한 훈련 8년째

"아빠 또 훈련가?" 새벽 3시 30분. 알람이 울린다. 요란한 시계 알람 탓인지 새벽잠에서 깨어난 아홉 살 딸이 눈을 비비면서 묻는다. 딸은 군복을 입고 군사훈련을 받는 것이 필자의 직업이라고 생각한다.

새벽 버스에 올라 훈련을 체험할 군부대 시간표를 확인하는 순간 나도 모르게 한숨이 나온다. "누구를 위해 고생을 하는 거지?", "훈련을 언제까지 받아야지?", "독자는 모를 텐데 그냥 훈련을 받은 것처럼 기사를 쓸까?"

고민에 고민을 해보지만 몸은 어느새 훈련장에 도착해 있다. 훈련은 시작됐다. 숨이 턱까지 차오르고, 군화는 바닥에 붙어 떨어지지 않는다. 땀으로 젖은 군복은 몸에 착착 감겨 무겁다. 군화에 들어간 조그마한 돌 조각은 훈련 내내 거슬린다. 점심이다. 한여름에 배식 받은 뜨거운 찌개로 목을 축인다. 시원한 그늘 아래 누워 있으니 잠이 솔솔 온다. 하지만 어김없이 오후 훈련을 알리는 호루라기 소리가 울려 퍼진다.

훈련을 마치고 탑승한 심야 버스는 고요하다. 아무런 생각도 나지 않는다. 하지만 노트북을 켠다. 내일이면 이 느낌을 글로 옮길 수 없다는 압박감 때문이다. 한 문장 한 문장 이어가지만 쏟아지는 졸음에 곤혹스럽다.

집에 도착하자 아내는 아무렇지도 않게 군복을 세탁기에 집어넣고 묻는다. "다음 훈련은 언제 갈 거야?"

다음 훈련을 어디로 갈까. 또 다시 고민에 빠진다. 오늘 받은 훈련을 다시 생각하고 싶지 않지만 같이 훈련을 받았던 군 장병들의 초롱초롱한 눈빛은 잊을 수 없다. 행군을 같이 한 김 병장, 유격을 같이 받은 이 일병, 헬기에 같이 오른 정 대위, 그들은 나에게 한결같은 눈빛으로 말한다. "우리가 있기에 조국이 있고, 조국이 있기에 우리가 있다고."

오늘도 나라를 위해 구슬땀을 흘리고 있을 이들에게 박수를 보낸다. 군 장병들과 관계자들이 이 책을 통해 각 병과를 이해하고 타군을 이해하는 데 조금이나마 도움이 되길 바란다.

2016년 9월
국방부 기자실에서
양낙규

목차

1부

국방부
Ministry of National Defense

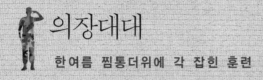

의장대대

한여름 찜통더위에 각 잡힌 훈련

군대에서 "부대의 훈련 정도, 사기 따위를 열병과 분열을 통하여 살피는 일"을 사열이라 한다. 사열에서 중요한 것은 부대의 상태와 정비 정도를 '보여주는' 것이다. 이 '보여주는 것'에서 가장 중요한 부분은 '각을 잡는 것'이다.

흔히들 군대는 각에서 시작해 각으로 끝난다고 말한다. 침상을 정리할 때도 각을 잡아야 하고, 밥을 먹을 때도, 걸을 때도 각을 잡아야 한다. 그리고 이 '각 잡기'의 극한에 있는 부대가 바로 의장대이다.

훤칠한 키에 베일 듯 날카롭게 다려진 군복, 화려한 장식, 조금의 빈틈도 허락하지 않는 의장대의 모습은 같은 남자이자 같은 군인이 봐도 반할 정도이다.

누구보다 화려하게, 누구보다 혹독하게

의장대란 "국가 경축 행사나 국빈 방문 행사에서 기수와 의장 사열 등의 의식 임무를 수행하기 위해 조직된 부대"이다. 작게는 여단 장급 이상 부대장의 이취임식에서부터 크게는 외국 정상의 방한에 이르기까지 다양한 행사에서 의식 임무를 수행한다.

의장대대에 합류하려면 키가 180센티미터 이상은 되어야 한다. 체중이 너무 부족해서도 안 되고 너무 많아서도 안 된다. 여기에 더해 가혹한 훈련을 통과해야만 한다. 행사가 진행되는 두어 시간 어떠한 미동도 없이 반듯한 자세를 유지하기 위해선 체력뿐 아니라 정신력도 강해야 한다.

또한 제식 동작을 비롯해 총검술까지 각종 공연을 빈틈없이 수행하려면 엄청난 훈련을 거쳐야 한다. 보기에는 화려하지만 그 화려함을 이루기 위해 누구보다 혹독한 훈련을 하는 군대가 바로 의장대다.

각 나라를 대표하는 국방장관 등이 방한하면 우리 군은 예우를 갖춘다. 바로 의전행사다. 의전행사는 우리 군의 정통성을 한눈에 보여주고 다른 나라의 군을 존중한다는 의미를 담는다. 의전행사를 이끄는 이들이 바로 국방부 근무지원단 의장대대 장병들이다.

의장대대는 총 90여 명의 장병으로 이루어져 있는데, 육·해·공군·해병대에서 파견된 병사들이다. 기본기를 익히지 않으면 결코 의장대대 부대원이 될 수 없다. 의장대대의 화려함 뒤에는 완벽한 기본기를 갖추기 위한 철저한 훈련이 있다.

먼저 기본 동작인 한 손으로 소총돌리기를 시작했다. 육군과 공

군은 45도 각도로 소총을 기울인 상태로 돌리지만 해군과 해병대는 소총을 90도로 세워 돌렸다. 각 군의 특성을 최대한 살렸다는 것이 관계자의 귀띔이다.

의장대의 훈련을 탐내다

신체 조건은 극복할 수 없겠지만 흉내라도 내보고 싶었다.

아빠 옷을 입은 어린아이처럼 커다란 의장대 옷을 입고 연병장에 나섰다.

해병대 복장에 맞게 소총을 세워 돌려보기로 했다.

소총의 무게는 2.5킬로그램.

성인 남성은 어렵지 않게 들 수 있고 다룰 수 있는 무게다.

하지만 이것을 한 손으로 계속 돌려야 한다면 사정이 다르다.

적어도 3~4회는 돌릴 수 있지 않을까라는 생각에 개머리판을
힘차게 돌렸다.

기대는 한 번에 무너졌다.

소총은 손바닥에서 손등을 타고 돌아야 하지만 반 바퀴도 돌지
못하고 바닥에 뒹굴고 말았다.

소총 끝에 달린 검이 군화 옆에 내리꽂히자 슬슬 겁이 나기 시작
했다.

옆에서 지켜보던 장병들은 필자보다는 군인의 분신과도 같은 소
총을 더 걱정하는 것 같아 얄밉기까지 했다.

의장대대 관계자는 의장대대 신병의 경우 매일 7시간씩 3개월 이
상 연습을 해야 공식 행사에 합류할 수 있다. 단번에 '무대'에 설 수
없는 것이다. 의장대의 사열은 말하자면 '실전'이다. 대부분의 군인
이 수많은 훈련을 하면서도 정작 '실전'을 벌일 기회가 거의 없는 반
면 의장대는 거의 매달 실전을 벌이는 것이다. 외국 정상이 왔을 때
의장대가 실수하여 총을 놓치기라도 하면 어찌될 것인가. 이러한 실
수를 막기 위해 의장대는 한시도 훈련을 게을리 할 수 없는 것이다.

의장대는 제자리 동작뿐 아니라 움직이며 다양한 동작을 펼쳐
보이기도 한다. 기본 대형부터 태극기 대형, 국방부 대형, 충성 대형
등 6가지 제식 대형을 모두 몸에 익혀야 한다. 제식에서 중요한 것
은 서로간의 호흡이다. 줄을 맞추는 것은 기본이고, 보폭도 맞춰야
하며 다리를 드는 높이, 팔을 뻗는 각도까지 모두 맞춰야 한다.

제식훈련을 마친 뒤에는 총검술 기본 훈련이 이어졌다.

필자가 고등학교 시절 교련 시간에 배웠던 총검술 16개 동작을 장병들에게 보여주자 비슷한 원리라며 긴장을 풀어주었다.

하지만 이마저도 잠시였다. 30분 동안 같은 동작을 반복적으로 연습했지만 옆 사람과 동작을 맞추기는 보기보다 쉽지 않았다.

나 혼자 잘한다고 해서 되는 것이 아니라 옆 사람과 속도와 각도, 높이 등을 모두 맞춰야 했다.

구령에 맞춰 총검술을 따라해 봤지만 순서를 잊는 것은 물론, 속도도 맞출 수 없었다. 결국 기자는 두 손 두 발을 모두 들고 말았다.

우리나라에만 있는 전통의장대대

이번엔 전통의장대대 훈련에 도전해봤다.

첫 관문부터 만만치 않았다.

옛 장수들이 전장에서 입었다는 갑옷인 갑주甲冑는 투구, 손목에 차는 비갑 등 8가지로 구성되어 있었다.

갑주를 입자마자 이마에 땀방울이 맺히기 시작했다.

훈련장으로 나오자 10킬로그램이 넘는 갑주에 32도가 넘는 날씨가 더해져 숨이 턱턱 막혔다.

총 45명인 전통의장대대는 기창, 검법, 교전 등 무예별 팀으로 구성되어 있다. 전통의장대대에 입대한 장병들은 권법을 먼저 익힌다. 이후 곤棍과 봉棒을 익히고 무예를 배운다. 이 기간만 최소 6개월 넘게 걸린다는 것이 관계자의 말이다.

전통의장대대 장병들에게 무예를 가르치는 남희종 사범이 장수들의 진검을 필자의 손에 쥐어줬다.

소총 끝에 달린 총검과는 느낌이 달랐다.

진검은 무기다.

나무를 벨 수 있고, 사람을 해칠 수 있다.

진검을 쥐는 손에는 그 무게를 훌쩍 뛰어넘는 부담이 느껴진다.

남 사범은 "일반인들은 군사 무예를 보며 화려하게만 생각하지만 동작 하나하나가 적을 제압하기 위한 자세"라고 설명했다.

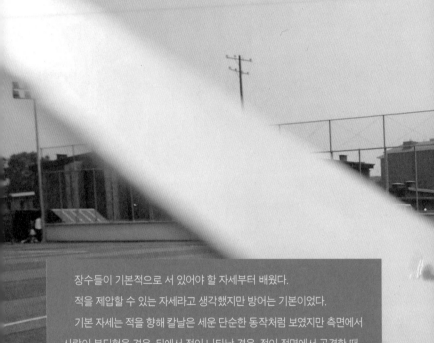

장수들이 기본적으로 서 있어야 할 자세부터 배웠다.

적을 제압할 수 있는 자세라고 생각했지만 방어는 기본이었다.

기본 자세는 적을 향해 칼날은 세운 단순한 동작처럼 보였지만 측면에서 사람이 부딪혔을 경우, 뒤에서 적이 나타날 경우, 적이 정면에서 공격할 때 역공격으로 방어를 해야 경우 등 다양한 시나리오에 대비하는 자세였다.

기본 자세 하나를 놓고 20분 내내 설명을 들었다.

갑주 안은 이미 땀으로 범벅이 됐고 투구 안 머리는 땀으로 흥건히 젖은 듯했다.

훈련을 마치고 갑주를 벗었다.

그날 기온은 분명 30도를 넘어섰지만, 마냥 시원하기만 했다.

우리 무예의 전통을 이어가고 군대의 명예를 지키기 위해 여름 한더위에도 구슬땀을 흘리고 있는 의장대대야말로 최전방 외교관인 셈이다.

전통의장대의 역사는 그리 길지 않다.

1991년 당시 노태우 대통령이 미국 순방을 다녀와서 미국의 전통의장대를 보고 국방부에 전통의장대 창설을 지시한 것이 시초다. 그해 9월 국방부 전통의장대대가 창설됐고, 한 달 만에 몽골 대통령 방한 환영 행사에서 첫선을 보였다.

국방부 전통의장대의 모습은 조선시대 친위대의 모습을 따온 것이다. 조선시대 친위대는 국가 의식 행사와 임금의 어가 행렬 때 호위나 의장수 역할을 맡아온 군병 제도다. 이들 친위병은 무재武才는 물론 용모·학식·경력·신장 등을 두루 갖춘 인재였으며, 행사 때마다 규모에 따라 의장병기手을 징발해 운용했다.

전통의장대대의 복장은 조선시대 무관들이 입었던 융복戎服보다

격이 높은 의상이다.

　전통의장대 외에도 우리나라에는 세계에서 유일하게 존재하는 특별한 부대가 있다. 바로 여군의장대다. 1989년 7월 1일 창설된 여군의장대에 지원하려면 키 165센티미터, 양안 시력 1.0 이상의 신체 조건을 갖춰야 한다. 지·용·미의 3가지 덕목을 고루 갖춰야 함은 기본이다. 전입 후부터는 4주간의 기본 제식훈련과 3개월간의 강도 높은 집총 및 칼라카스 동작훈련을 하고, 임무와 관련된 다양한 교육을 받는다.

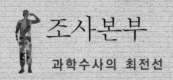

조사본부

과학수사의 최전선

얼핏 보면 군인으로 보이지도 않을지 모른다.

군복이 아니라 하얀 가운을 입고 각종 실험 도구 앞에 서 있거나
수많은 컴퓨터 모니터 앞에 앉아 있기 때문이다. 바로 국방부 조사
본부다. 미국 범죄물 드라마에서 볼 수 있는 과학수사가 이곳에서
진행되고 있다. 국방부 조사본부는 주로 군대 내의 범죄 사건을 담
당하는 헌병 조직이다.

사이버 테러 범죄를 막는 부대

서울 용산구 국방부 청사에 위치한 조사본부 건물 1층에 들어서
자마자 한눈에 들어오는 전시품이 있었다.

바로 천안함을 피격한 북한 어뢰 '진품'이었다.

햇볕의 영향으로 어뢰가 변질되는 것을 막기 위해 천으로 덮어
놓았다.

조사본부 관계자는 "진품 어뢰는 오는 9월 해군 평택 2함대로
옮길 예정이며 해군이 보유한 어뢰 모조품과 교환할 예정"이라고
설명했다.

건물 5층으로 올라가자 일반 회사와 마찬가지로 책상과 컴퓨터
가 말끔히 정돈되어 있었다. 하지만 유심히 보니 본체 크기가 일반
컴퓨터보다 2배가량 크고 이동식 디스크도 여러 개를 동시에 꽂을
수 있었다.

조사본부 관계자는 자랑했다. "이 컴퓨터가 디지털 포렌식의 핵
심 장비이다. 천안함 피격 사건 때도 바닷물에 한 달간 잠긴 CCTV
영상 6개를 모두 복원한 주인공이다."

이곳에서는 사이버테러 범죄도 수사한다. 2016년 3월에는 국방
부 정책실 직원 메일에 침입한 해킹 메일과 지난 5월 국방부장관 명
의를 도용한 SNS를 포착해 수사 중이다. 6월 말 현재까지 군내 해
킹 시도 건수는 197건으로 전년도 같은 기간에 비해 14.7퍼센트168건
나 늘어났다는 설명을 듣고 나서야 사무실이 색다르게 보였다.

옆 공간에는 유리관으로 막혀 있는 서버실도 보였다.

서버실에는 50테라바이트TB의 디지털 증거물을 보관할 수 있는

서버도 우두커니 서 있었다. 군내 사건의 모든 증거물이 가로세로 2미터 크기의 서버 안에 통째로 들어 있다고 하니 신기하기만 했다.

이주호 포렌식 팀장은 "최근에는 삭제 프로그램 등 디지털 범죄 방식이 진화하고 있어 수사 기법도 진화할 수밖에 없다"며 "결국 창과 방패의 싸움"이라고 말했다.

최첨단 과학수사의 정점

계단을 타고 4층으로 내려가니 일반 상점에서 볼 수 있는 냉장고가 줄지어 서 있었다.

하지만 냉장고 안에 상자를 보니 섬뜩했다.

상자에 적힌 문구들은 모두 '성폭력 증거 채취', '살인 현장 증거 1호' 등이었다.

바로 사건 현장에서 채취한 손톱, 타액 등을 담은 상자로 사건의 범인을 찾아낼 수 있는 중요한 단서들이었다.

상온 4도를 유지하고 있는 냉장고에 보관할 경우 검사기간 2주 동안은 유전자 변형이 없다는 것이다.

옆 사무실로 들어가니 군 조사기간 중 유일하게 조사본부만 수행하고 있는 유전자 감식을 하고 있었다.

6·25 한국전쟁 전사자 유해를 유가족에게 돌려주기 위해 유가족들의 유전자를 채취해 보관하고 있던 것이다.

국립과학수사연구원에서 10년간 근무했다는 안희중 유전자 과장은 "유전자가 동일한 일란성 쌍둥이를 제외하고는 유전자는 6·25 한국전쟁 전사자의 유가족을 찾고 범인을 지목하는 데 결정적인 역할을 한다"고 설명했다.

3층으로 내려가 총기흔적과 사무실로 들어가니 책상 위에는 탄환들과 현미경 10여 대가 일렬로 서 있었다.

총에서 탄환이 발사되면 탄피에는 공이 흔적이, 탄두에는 강선 흔적이 남는다.

이 흔적들은 마치 사람의 지문처럼 총기마다 모두 다르다.

이 때문에 총기 사고 현장에서 총과 탄환을 수거해 비교해보면 어느 총에서 발사된 탄환인지 찾을 수 있다.

옆 사무실에서는 놀랄 수밖에 없는 풍경이 펼쳐졌다.

1960년대 제작된 미국제 권총 등 130여 종의 소총과 680여 종의 화약 없는 폭탄이 진열되어 있기 때문이었다.

조사본부 관계자는 "폭탄에 쓰이는 화약의 종류는 10여 종이지만 어떤 재료를 어떤 방식으로 혼합하느냐에 따라 테러국과 테러범도 구별할 수 있다"고 말했다.

지하 1층에 내려가니 25미터 길이의 골목길처럼 생긴 공간이 눈에 띄었다.

바로 사건 현장을 그대로 재연해 총기를 발사해보는 총기발사 실험실이다.

실험실 옆에는 가로 4미터, 높이 2미터 크기의 철통도 보였다.

총기 사건 현장의 소총을 모두 수거해 물이 가득 담긴 챔버chamber 안에서 사격을 하고 탄두와 탄피를 수거해 비교해보는 장치였다.

한 사건을 해결하기 위해서는 과학적인 증거를 검증해야 하고 모든 실험을 재연해 재차 확인하는 것이 필수라고 관계자는 귀띔했다.

건물을 빠져나오자 초록색 독수리의 CIC 로고가 눈에 들어왔다. '진실을 추구하고 인권을 보호해 신뢰를 구축한다'는 뜻을 이어가기 위한 CIC Criminal Investigation Command의 노력을 이해할 수 있었다.

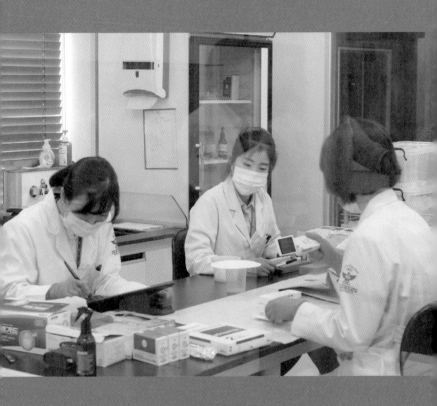

유해발굴감식단

조국 지킨 당신이 돌아오는 그날까지

13만 호국용사의 원혼을 달래다.

1950년 6월 25일 새벽 4시, 당시 북한이 기습 남침하면서 사흘 만에 서울이 함락되고 낙동강까지 밀려나기까지 발생한 전사가 2만여 명.

중공군 개입 후 육상과 해상을 통해 38선 이남으로 철수하는 과정에서 발생한 전사자 1만 6,000여 명.

1951년 3월 18일에 서울을 되찾는 기간 중에 발생한 전사자 2만 6,000여 명.

여기에 1951년 후반부터 155마일 전선 일대에서 치열한 접전이 벌어져 5만여 명의 전사자가 더해졌다.

이 밖에도 낙동강 방어 작전에서 1만 5,000여 명, 인천상륙작전과 반격에서 6,000여 명, 38선 돌파와 북진 과정에서 1만 4,000여 명이 더 전사한 것으로 정부는 집계하고 있다.

산자락 아래 60년을 묻힌 그들

유해발굴감식단에 전화가 한 통 걸려왔다. 채혈을 위해 직접 찾아온 6·25 한국전쟁 유가족이었다. 그의 아버지는 그가 어릴 적 6·25 한국전쟁에 참전해 목숨을 잃었다. 어머니는 아버지의 전 사통지서만 받았을 뿐 유해를 모시지는 못했다. 어릴 적 아버지에 대한 기억은 없다. 형제도 없다. 하지만 막막한 그리움에 마냥 눈물만 흘린다. 돌아가신 어머니께서 살아생전 아버지를 그리워했다며 어머니 눈물까지 함께 흘린다.

감식관들조차 아무런 말을 잇지 못한다. 사랑하는 아내와 뱃속의 아이를 등지고 국가를 위해 달려간 전쟁터에서 목숨을 잃은 장병. 시신의 행방마저 모르는 유가족을 위해 국가는 적극적으로 나서고 있다.

경기도 의왕시 모락산 중턱에 51사단 장병들이 모였다. 이들은 소대 단위로 조를 이뤄 6·25 한국전쟁 때의 참호 흔적을 찾아 이곳저곳에서 땅을 파고 있었다. 장병들이 며칠 동안 얼마나 고생했는지를 수백 개의 웅덩이들이 말해주고 있었다.

덜컥 겁도 났지만 산을 올라 유해 발굴에 동참하기로 했다. 일반적으로 유해 발굴은 당시 전투 기록과 지역 주민, 참전용사들의 증언을 토대로 인근 산악 지역을 지정한 다음 금속탐지기를 이용해 참호나 전투 잔해물을 식별하는 식으로 진행된다. 이날은 유해 발굴 13일째로 960여 개의 구덩이를 파는 노력 끝에 13구의 유해를 발굴한 상태였다.

　모락산 지역은 한강을 끼고 있어 적에 대해 강력한 공격을 시작한 선더볼트Thundervolt 작전이 펼쳐진 지역이자, 1951년 1월 유엔군 반격 작전의 신호탄이 된 지역이다. 모락산 전투1951년 1월 30일~2월 4일는 또 국군 1사단 15연대가 중공군 150사단 1개 연대와 전투를 벌여 아군 70명이 전사하고 적군 663명을 사살하는 전공을 세운 지역이기도 하다.

　장병들과 함께 유해가 있을 만한 곳을 찾아 헤매고 있을 때 한 장병이 소나무 밑을 유심히 보다 조금씩 파내려가기 시작했다.

　낌새가 이상하다고 느낀 것일까?

파내려간 지 몇 분 만에 나무뿌리와 생김새가 비슷한 뼛조각을 찾아냈다.

순식간에 열네 번째 유해를 찾아낸 이규섭 병장은 설명했다.

"일반 땅과 달리 참호는 딱딱하지 않으며 위 표면에 낙엽이 쌓여 침대와 같이 푹신한 경우가 많다."

통상적으로 1구의 유해를 발견하기 위해 150개의 참호를 굴토해 야 하는 것에 비하면 뜻밖의 행운이다.

주변 흙을 양옆으로 파내면서 조금씩 내려가자 유해는 모습을 드러내기 시작했다.

유해 주변의 흙은 인체의 일부가 썩어 검게 변해 있었다.

전문가들의 손길로 유해 윤곽이 어느 정도 드러나자 하얀색 백 회가루를 뿌려 사진 촬영 및 기록을 남겼다.

국군이 사용했던 M1 소총 탄환과 버클 등의 유해 물품이 나온 것으로 보아 아군일 가능성도 배제할 수 없는 상황이었다.

유품의 경우 통상적으로 아군은 M1, 칼빈Calbine-30 등이 주변에 있 으며 버클의 경우 고리 위가 가죽 끈으로 돼 있거나 4개의 구멍이 있는 단추 등이 남아 있다.

51사단 유해 발굴 김범중 팀장은 설명한다.

"이 지역 전투는 한겨울에 벌어졌기 때문에 그 당시 전투에서 전 사자들의 옷을 벗겨 생존자가 입는 경우가 흔했다. 유해 주변의 이 러한 유품 발견은 중요한 단서가 될 수 있으며 전사자의 누운 방향 등을 고려해 적군과 아군을 1차 판단하게 된다."

　4명으로 구성된 감식병들은 뼛조각을 다리부터 문화재 발굴 기법을 적용해 붓으로 세밀하게 흙을 털어내며 나무 잔뿌리와 뒤엉켜버린 곳을 정리해 한쪽에 인체 구조대로 정리했다. 또 유해와 유품은 전통 방식에 따라 오동나무에 입관, 태극기로 포장해 예禮를 갖추었다.

과학의 힘으로 전사자의 신원을 찾다

　지원을 나온 51사단 강신성 인사보좌관소령·학군 29기은 설명했다.

　"때로는 뼛속까지 나무뿌리가 박혀 오래된 소나무 한 그루를 통째로 베어버리는 경우도 있다. 조국을 지켜야겠다는 일념 하에 싸웠건만 60여 년의 세월이 지나서야 햇빛을 보는 선배 전우들을 생각하면 가슴이 아프다."

유해를 옮겨 이동한 곳은 현충원 내에 있는 유해발굴감식단이다. 2011년 1월 40여억 원의 예산을 투입한 건물 정문 앞에는 "그들을 조국 품으로"라는 다부진 각오가 큰 돌에 새겨져 있었다.

1층에 들어서자 그동안 신원이 확인된 전사자들의 유품들이 전시돼 있었고 유해보관소를 끼고 있는 각 실에서는 유전자 시료 채취와 유전자 검사, 유해 보존 등의 세부 절차를 밟기 위해 감식관과 감식병들이 바쁘게 움직이고 있었다.

전 처리실에서 1차 세척을 거친 유해는 뼈건조기를 통해 수분을 제거하고 미세한 오물을 제거하는 초음파 세척기를 통해 빈틈없이 잔해물을 없앤다. 또 신원확인에 필요한 DNA 검사용 시료 채취 장비가 즐비한 이곳에서는 유해 중 유전자 잔존율이 높은 부위를 절단사지, 골반뼈, 치아 등하고 각종 장비를 이용해 샘플을 채취하고 등록했다. 전사자 유해 시료와 유가족 혈액 시료는 저온 냉동고영하 25도에 보관하고 국방과학수사연구소 DNA센터 등에 검사를 의뢰한다.

청사에 구비하고 있는 디지털 엑스선 촬영기, 실체현미경, 앞으로 도입될 유실된 유해를 복원할 수 있는 3차원 스캐너, 유해의 손상부위를 확대해 상흔의 원인 등을 규명할 수 있는 광학현미경 등 첨단장비가 무려 40여 종에 달한다.

우은진 감식관은 "유해를 통해 성, 연령, 특정 질병, 영양상태 등 체질적 특징을 어느 정도 감별할 수 있고, 이것이 유가족을 찾는데 결정적 단서가 될 수 있다"고 설명했다.

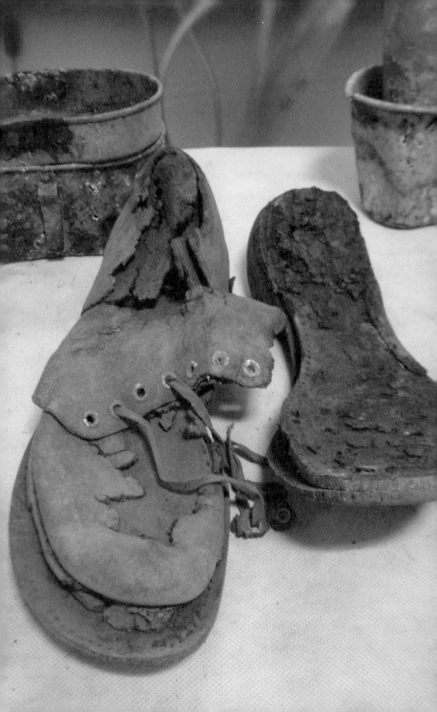

현재 유해발굴감식단은 아군 유해 600구 정도를 보관하고 있으며 적군의 경우 파주 적국묘지에 보관 중이다. 감식단 장병들은 현충원을 찾는 유가족만큼이나 비장한 모습이었다. 나라를 위해 목숨을 바친 호국영령들을 꼭 가족 품으로 돌려보내겠다는 각오에 이들은 오늘도 시간과의 전투를 벌이고 있었다.

이제 시간과의 전투

유해발굴단 단장 박신한 대령은 말한다.

"미국 하와이 공군 부대에 있는 미합동전쟁포로·실종자확인사령부JPAC를 벤치마킹한 부대로 창단 초기에는 발굴 작업의 학습을 위해 국내 대학 고고학과 등에 의뢰해 전문 요원들을 지원받았다. 하지만 현재는 발굴 기술만큼은 미국과 비교해도 뒤지지 않는다."

그에 따르면 유해 발굴에서 가장 중요한 것은 증언과 신원 확인을 위한 유가족의 샘플 채취이다. 특히 사전조사 단계에서 참전기록과 참전용사, 지역 주민, 유가족들의 증언이 절대적이다. 하지만 이들마저 70~80대의 고령이어서 하루하루가 시급하다. 또한 국토개발 등으로 전투 현장이 훼손되거나 사라져가고 있는 현실도 안타깝다. 결국 이 모든 것은 시간과의 싸움인 셈이다.

2000년부터 시작한 유해발굴사업은 1년 만에 3,596구를 발굴하는 성과를 올렸다. 이는 적군은 물론 유엔군과 국군을 포함한 숫자이다. 해를 거듭할수록 발굴 속도는 빨라지고 있다.

아프가니스탄 오쉬노 부대

한국 파병부대를 가다

　중앙아시아 남부에 있는 아프가니스탄은 실크로드의 십자가로
알려져 있다. 이란, 투르크메니스탄, 우즈베키스탄, 타지키스탄, 중
국, 파키스탄 등 여섯 나라와 국경을 마주하고 있기 때문이다. 면적
은 64만 7,500제곱킬로미터로 한반도의 3배 크기다.

　아랍에미리트UAE의 두바이 공항에서, 아프가니스탄의 수도 카불
에 가기 위해 민항기 사피에어웨이 4Q204기에 몸을 실었다. 두바이
에서 카불로 향하는 비행기는 하루에 1대다. 외교부에서 카불을 여
행금지지역으로 지정할 만큼 민생 치안이 좋지 않은 탓이다.

아프가니스탄에 희망을, 조국에 영광을

비행기 안은 절반 이상의 좌석이 비어 있었다.

아프가니스탄 전통복장을 변형한 유니폼을 입은 안내원도 경계심에 가득 찬 눈빛이었다.

비행기가 이륙한 지 1시간 정도가 지나 아프가니스탄 상공에 접어들었다. 산꼭대기에는 아직 눈이 녹지 않은 산과 사막이 어우러졌다.

어떤 평화로운 곳이 왜 위험한 지역일까라는 의구심마저 들었다.

옆자리에 앉은 군 관계자는 겁을 주었다.

"저 계곡 사이에 반정부군인 탈레반이 숨어 있다. 이 비행기를 향해 언제 지대공미사일을 쏠지 아무도 모른다."

이 말 한마디에 평화로운 땅이 일순간 삭막한 황무지로 보였다.

카불은 고도 1,800미터의 고지대에 있다.

2시간 40분 정도 지나자 카불국제공항 도착 안내 방송이 흘렀다. 창밖에는 비행기 좌우로 이탈리아의 수송헬기 아구스타, 미국의 공격헬기 아파치 등이 눈에 들어왔다. 카불국제공항은 민항기뿐 아니라 다국적군 헬기 부대가 주둔하고 있는 곳이다.

　이날 비행기에 당시 한민구 합참의장이 탑승했다는 것을 의식한 듯 공격헬기는 민항기 주변을 호위했다. 카불국제공항에 도착하자 합참의장을 경호하기 위해 권용준 경호팀장이 마중 나왔다. "카불 지역은 올해 들어 하루 한 번꼴로 테러가 발생한다. 안전한 상태를 10이라고 나타낸다면 이곳은 0에 가깝다."

　무장한 승합차를 타고 공항에서 2킬로미터 떨어진 헬기 부대로 이동하자 UH-60 블랙호크 4대가 대기하고 있었다. 이들은 오쉬노 부대 항공지원대 소속으로 파견된 한국 육군이었다. 오쉬노 부대 항공지원대는 국군 역사상 국내 헬기를 해외에 파병한 최초 헬기부대다. 헬기는 UH-60이 4대 파견됐다. 3킬로그램 무게의 방탄조끼와 방탄모를 착용하고 헬기에 몸을 싣자 헬기 조종사는 엄지손가락을 치켜세우고 "긴장감 흐르는 아프가니스탄에 오신 걸 환영한다"며 미소를 보였다.

숨 쉬는 것마저 긴장

더운 날씨와 긴장감 탓에 등에는 땀이 비 오듯 흘렀다. 헬기는 곧장 활주로 아지랑이를 타고 이륙했다. 이날 한낮 온도는 섭씨 25도로 겨울에 해당한다. 이 헬기는 수송헬기로는 처음으로 지대공미사일을 회피할 수 있는 플래어flare를 장착했다. 이뿐 아니라 바닥에는 땅에서 쏘는 소총으로부터 탑승 병력을 보호하기 위해 강철로 바닥을 보강했다.

상공에 오르자 아프가니스탄 주민들이 모여 사는 마을이 눈에 띄었다. 마을은 그야말로 한국의 1960년대였다. 흙으로 만든 집, 쓰러질 듯한 담벼락, 농경지조차 없는 황무지였다. 곳곳에는 텐트로 주거지를 마련하고 생활하는 주민들도 있었다. 장기간에 걸친 전쟁과 테러로 그야말로 폐허로 변한 곳이었다. 국토의 80퍼센트가 산악지대로 인간이 생존할 수 있는 대지는 8퍼센트에 불과한 것도 한몫했다.

감상도 잠시, 전술비행이 진행됐다.

전술비행은 지상에서 발사하는 미사일을 회피하기 위한 비행으로 속이 울렁거려 구토가 나올 정도로 현란한 비행이었다.

비행 25분 만에 도착한 곳은 아프가니스탄 땅에 태극기가 자랑스럽게 걸려 있는 오쉬노 부대 차리카 기지이다.

오쉬노 부대는 신속대응팀QRF 3개 팀을 운영한다. 13명으로 구성된 각 팀은 24시간 대기하고 영내, 영외에서 상황이 발생하면 5분 내 출동한다. 외교부, 한국국제협력단KOIKA, 지방재건팀PRT이 마중 나왔다.

한국군 특전사 등 330여 명이 머무르는 차리카 기지도 안전하지 않다. 오쉬노 부대 2진이 자리 잡은 차리카 기지는 지난 2월 이후 RPG-7, BM-1 등 다섯 차례나 대전차로켓탄 공격을 받았다. 탈레반의 공격에 대비해 부대 안 건물 주변에는 3미터 높이의 콘크리트 벽을 쌓았다. 20센티미터 두께의 벽으로 장병들을 보호하기 위해서다.

부대원들이 힘든 점은 날씨도 한몫했다. 여름에는 섭씨 40도가 넘는 고온 건조한 날씨지만 겨울에는 영하 10도 이하로 떨어진다. 낮과 밤의 기온은 25도 이상 차이가 난다. 모래바람이 많은 지형 특

색 때문에 부대 안에는 자갈밭도 많다. 바람이 심한 날에는 시야가 전방 10미터 이하로 떨어지기 때문이다.

장병들이 지내는 숙소에서 첫날 잠을 청했다.
하지만 눈을 감을 수 없었다.
언제 날아올지 모르는 미사일 공격도 무서웠지만 눈을 감기 아까울 정도로 쏟아지는 밤하늘의 별들은 그림책에서만 볼 수 있는 광경이었기 때문이다.

만년설에 가려진 위험

아프가니스탄 현지 시각으로 아침 7시 30분.
오쉬노 부대의 울타리 넘어 해가 떠올랐다.
부대 앞에 있는 산 위로 만년설이 그림처럼 펼쳐졌다.
탁 트인 시야, 맑은 공기가 부대를 감싸 안았다.
하지만 눈으로 느낀 상쾌함도 잠시뿐이었다.
머리가 깨질듯이 아파오기 시작했다.
해발고도 1,800미터인 탓에 고산증세가 몰려온 것이다.

오쉬노 부대원들은 이른 아침부터 기동정찰 준비로 정신이 없었다. 오쉬노 부대의 정찰 지역은 영외는 1지대, 경계울타리는 2지대, 영내는 3지대로 구분한다. 1지대의 경우 주 1~2회 정찰을 실시하며 부대 주변 2~3킬로미터 반경을 A코스부터 D코스까지로 나눠 점검한다. 이날 기동정찰 코스는 C코스다. 오쉬노 부대 2진은 지난해 12월 27일 첫 단독 지상 작전을 시작으로 지금까지 60여 회 작전을 성공했다.

부대원 17명경호 13명, 운전병 4명, 현지통역 1명으로 구성된 1개팀은 지휘통제실 앞에 모여 정찰을 위한 최종 점검을 했다. 훈련이 아닌 실전인 탓에 부대원들의 얼굴은 상기되어 있었다.

지뢰방호차량MRAP 4대에 나눠 탄 부대원들은 지혈대, 거즈 등을 담은 구급배낭을 필자의 방탄조끼에 매달아줬다.
부대 관계자는 긴장된 표정으로 "긴급한 상황에서는 나를 보호

할 수 있는 것은 자신밖에 없다는 생각을 가져야 한다"고 말했다.

"한국이 아닌 아프카니스탄, 전쟁터에 왔구나" 하는 생각에 얼굴
이 굳어졌다.

오쉬노 부대의 MRAP은 미국에서 제작했다. MRAP은 10대가 보
급됐으며 회전 반경이 좁아 아프가니스탄의 협소한 도로나 산악 지
형에서 기동력을 발휘하기가 쉽다.

MRAP은 2평 크기로 운전병 1명과 팀장급인 선탑자, K6 기관총 사격수, 경계병 4명이 탑승했다.

MRAP 안에는 에어컨이 24시간 가동되고 있었다.

하지만 온몸이 서늘하게 느껴진 것은 단지 에어컨의 냉기 때문만은 아니었다.

"언제든 적의 공격 목표가 될 수 있다"는 부대 관계자의 말은 빈말이 아니었다.

좌석 뒤쪽에는 소화기 2개와 적군의 전파를 교란할 수 있는 전파교란기JAMMER가 장착됐다. MRAP 양쪽에는 세로 30센티미터, 가로 60센티미터 크기의 방탄유리가 달린 창문이 있어 경계병도 정찰하기 충분했다.

MRAP의 밑바닥은 'V'자형이다. 급조폭발물Improvised Explosive Device(IED) 폭발시 충격을 양옆으로 분산시키는 역할을 한다. 타이어 4개는 자동 공기압 조절 장치를 갖춰 펑크가 나도 나가는 바람보다 들어오는 바람이 많아 시속 80킬로미터로 내달릴 수 있다.

아프가니스탄을 정찰하다

8시 30분.

"사격수들은 K6 기관총에 탄약을 장전할 것. 출발."

팀장이 전 차량에 출발 명령을 내렸다.

덩치 큰 MRAP은 굉음을 내며 움직이기 시작했다.

    MRAP은 시가지에서는 차량 간격 1미터, 산악 지역에서는 30미터를 유지한다.

    시가지에서는 적의 공격으로 인해 고립되는 것을 막고, 산악 지역에서는 급조폭발물로 인해 차량이 한꺼번에 받는 충격을 방지하기 위해서다.

    동승한 통역병이 헤드셋을 건네줬다.

    헤드셋은 내부 통신뿐만 아니라 급조폭발물이 터졌을 경우 고막 손상을 막을 수 있다.

    20분 정도 이동해 부대 밖 북서쪽 2킬로미터 지점인 정찰 C코스에 도착하자 150마리의 양 떼가 비포장길을 가로막았다.

    기동 팀들은 차량을 세우고 도보 정찰을 하기로 했다.

MRAP에서 내리자 뻥 뚫린 평야에 그대로 노출돼 긴장감이 더 했다.

저 멀리 산에서 누군가 지켜본다는 느낌마저 들었다.

C코스 지역에서는 현지 주민들이 황폐한 평야에 돌을 쌓고 있었다.

정세가 안정되면 집을 지으려고 소유지를 표시하려는 것이다.

오쉬노 부대 밖에는 1번 고속도로가 있다. 1번 도로는 아프가니스탄의 핵심 도로다. 1번도로 1킬로미터를 벗어나면 오쉬노 부대의 정찰 지역인 C코스가 나온다.

이날 기동정찰 팀장을 맡은 임진수 대위는 말했다. "산 능선에서 누가 RPG-7 등 로켓포를 발사할지 모르는 상황이다. 집을 짓기 위해 쌓아놓은 돌 사이에도 급조폭발물이 있을 수 있어 긴장해야 한다."

도보 정찰을 나선 지 1시간 정도 지나자 임 팀장은 "전방 50미터 근처에 폐가가 있다"며 정찰 선발대 2명을 먼저 보냈다. 아프가니스탄과 소련과의 전쟁에서 건물은 폐허가 됐지만, 혹시나 모를 사제 폭발물을 미리 탐색하고, 잠복해 있을지도 모르는 탈레반에 대응하기 위해서다.

이상 유무를 확인하고 지나가니 산중턱에는 뽕나무 50여 그루가 우거진 작은 숲이 나왔다.

그늘 하나 없이 30도가 넘는 황무지에서 마치 오아시스를 만난 기분이었다.

특히 이곳은 지하수가 고이는 샘터가 2곳이 있었다.

　이곳은 현지 주민들이 목욕을 하는 곳으로, 산 능선에 있는 개방된 샘터는 남성이, 나무로 가려진 샘터는 여성들이 사용한다고 한다.

　정찰을 하다 보니 현지에서 채용된 경호업체 토르TOR 직원들도 보였다.

　이들은 부대기지 주변과 산중턱 참호 곳곳에서 경호를 서고 있었다.

　2킬로미터 도보 정찰을 마치고 부대 주변에 도착하자 더운 날씨에 방탄복 안은 땀으로 범벅이 됐고, 출발할 때 들고 나온 생수 2통은 모두 비어 있었다.

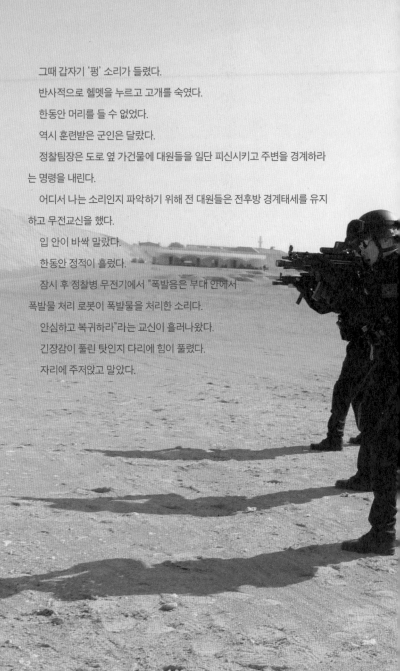

그때 갑자기 '펑' 소리가 들렸다.

반사적으로 헬멧을 누르고 고개를 숙였다.

한동안 머리를 들 수 없었다.

역시 훈련받은 군인은 달랐다.

정찰팀장은 도로 옆 가건물에 대원들을 일단 피신시키고 주변을 경계하라
는 명령을 내린다.

어디서 나는 소리인지 파악하기 위해 전 대원들은 전후방 경계태세를 유지
하고 무전교신을 했다.

입 안이 바싹 말랐다.

한동안 정적이 흘렀다.

잠시 후 정찰병 무전기에서 "폭발음은 부대 안에서
폭발물 처리 로봇이 폭발물을 처리한 소리다.

안심하고 복귀하라"라는 교신이 흘러나왔다.

긴장감이 풀린 탓인지 다리에 힘이 풀렸다.

자리에 주저앉고 말았다.

부대에 복귀한 시간은 10시 5분.

정찰을 마치고 방탄복을 벗으니 30도의 사막 바람
도 시원하게만 느껴졌다.

1시간 30분에 불과한 정찰이었지만, 하루 꼬박 정찰
을 한 것 같은 피로감이 몰려왔다.

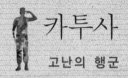

카투사
고난의 행군

카투사는 한국군에 속해 있기는 하지만 미군과 같은 군복을 입고 미군과 함께 일하는 미군의 일원으로 생활한다. 업무 수행뿐 아니라 복지 및 휴가 지원 등도 미군과 동등한 대우를 받는다. 미군과 함께 생활하긴 하지만 훈련과 행정에서는 대한민국 군대와 같은 보직을 담당한다.

콜린 파월 전 미군 합참의장은 자서전 『나의 미국여행My American Journey』에서 "카투사들은 내가 지휘한 군인 가운데서 가장 훌륭한 군인에 속한다. 그들은 지칠 줄 모르는 군기가 있으며 지식 습득 능력이 우수하다"고 극찬한 바 있다.

주한미군과 카투사

주한미군은 한미상호방위조약과 주한미군지위협정에 따라 대한민국에 주둔하고 있는 미국 군대이다. 이들은 한미연합사령부의 지휘를 받는데, 사령관은 미군 대장이며, 부사령관은 대한민국 육군대장이다. 주한미군사령부는 미국 육군_{미국 8군 미국 2 보병사단}, 미국 해군_{미국 제7함대}, 미국 7공군 제51전투비행단 및 미국 해병대를 이끌고 있다. 이들 전력을 바탕으로 주한미군은 유사시에 전투에 직접 참가할 수 있는 태세를 갖추고 있다.

현재 국내에 주둔하고 있는 미군을 포함해서 유사시에 우리나라에 투입될 수 있는 미군 증원 전력은 육·해·공군과 해병대를 포함하여 병력 약 69만 명, 함정 약 160척, 항공기 약 2,000대이다.

한국군 중에서 주한미군에 파견되어 미군과 함께 군 생활을 하는 부대가 있다. 바로 카투사_{KATUSA(Korean Augmentation to the United States Army)}이다. 카투사는 대한민국 육군인사사령부 예하 주한 미8군 한국군지원단 소속으로서 주한 미국 육군에 파견되어 근무하는 대한민국 육군의 군인이다. 카투사는 현 소속 군대 중에서 파견을 하는 것이 아니라 민간에서 직접 모집한다. 즉 지원하여 카투사에 입대할 수 있는 것이다.

한국 속의 미군, 미군 속의 국군

오바마 미국 대통령이 방한한 2011년 3월 18일, 카투사 장병을

만나러 경기도 동두천시에 있는 미군 미2사단 캠프 케이시를 찾아 갔다. 케이시 정문에서 차로 5분 정도 가니 영문 간판이 눈에 들어 왔다. 사복을 입은 많은 미군들의 모습에 이곳이 미국의 한적한 시 골 도시가 아닌가 하는 착각이 들기도 했다.

필자가 도착한 곳은 카투사와 미군이 함께 묵는 숙소인 이른바 '배럭brrack'이다. 4층 건물인 배럭은 침실 외에 10평 크기의 부엌과 당구, 탁구를 할 수 있는 방이 갖춰져 있었다. 한국군 지원병인 카투사와 미군이 일과가 끝난 뒤에 자유롭게 이용할 수 있는 공간이라고 했다.

카투사와 미군이 함께 쓴다는 5평 크기의 방에는 침대 2개와 책상 2개가 있었다. 미군 책상에는 노트북 등 전자제품이 놓여 있었다. 한국군 카투사 책상에는 몇 권의 책만 꽂혀 있었다. 미군으로서는 최전방인 이곳에 컴퓨터와 책이 있어 기묘한 대조를 이룬다는 생각이 들었다. 알고 보니 카투사는 육군 복무규정에 따라 전자제품 반입이 제한돼 있었다.

미군과 함께 생활하는 추교영 상병은 "후임병 카투사와 미군을 동시에 지휘해야 하기 때문에 4주 과정의 부사관 초급반Warrior Leader Course을 자원해 이수했다"고 말했다. 그는 "미군을 지휘하기 위해서는 영어 실력도 필수"라면서 "영어를 숙달하기 위해 카투사 후임병들과 밤마다 영어와 씨름한다고 한다"고 덧붙였다. 대학입시와는 비교할 수 없을 정도로 강도 높은 영어 공부를 한다는 게 그의 설명이었다.

이런 노력 덕분일까? 미군들의 만족도는 높았다. 보스턴이 고향이라는 정찰병 서너스 이병은 "처음 한국에 왔을 때 한국군이 미군과 자유롭게 대화를 나눌 수 있어 신기했다"면서 "이제는 나와 같은 군인으로 자랑스럽게 여긴다"고 털어놨다.

이튿날은 행군이 있는 날이었다. 군무원 등 민간인의 출입도 금지된 영내 식당 D-FACDinning Facility에서 저녁을 마친 카투사 장병들은 일찍 잠자리에 들었다. 한국군의 일석점호는 없었다. 기자도 곧 잠 속으로 빠져들었다.

행군의 아침이 밝다

눈을 떠보니 새벽 5시였다. 맨츄MANCHU 마일 행군을 위해 군장을 챙겨 체육관으로 달려갔다. 미군들은 찬바람에 진눈깨비가 날리는 날씨에도 움츠리거나 주눅 든 모습을 보이지 않았다. 오히려 귀에는 이어폰을 끼고, 얼굴에는 웃음이 만연했다. 행군을 준비하는 모습이 아니라 야유회를 준비하는 모습 같아 보였다.

맨츄마일 행군 거리는 약 40킬로미터다. 미군 9보병연대가 1900년 중국 의화단운동을 진압하기 위해 행군한 전통을 이어 해마다 두 차례 이 행군을 하고 있다. 필자는 침낭과 양말, 속옷 등을 넣은 배낭, 물통 역할을 하는 카멜백을 어깨에 짊어졌다. 둘을 합쳐 15킬로 그램이 넘었다. 출발도 하기 전에 묵직한 느낌이 들었다.

출발 시간이 다가오자 미군 지휘관들은 병사들의 흥을 돋우기 시작했다. 체육관 안에는 로큰롤 음악이 울려 퍼지기 시작했다. 이 역시 생소한 모습이다. 행군을 앞둔 병사들이 다가올 고생에 긴장하거나 결연한 표정을 지을 것이라는 예상을 완전히 벗어났다. 오히려 즐거운 이벤트를 앞둔 사람들처럼 잔뜩 흥이 오른 모습이었다.

드디어 행군이 시작됐다. 행군은 일반인들보다 1.3배 정도 빠른 '속보'로 시작됐다. 속보 덕분인지 1시간 50분 만에 5마일 지점에 도착했다. 도착하니 사과 등 3가지 과일과 4가지 음료수가 기다리고 있었다. 고된 행군을 하는 장병들의 피로를 덜어주기 위한 군 당국의 배려였다.

아침식사를 하지 못한 터라 "밥은 언제 먹냐"는 질문을 던졌다. 같이 행군하던 미군은 "행군 때는 특별히 식사를 하지 않는다"며 미군 전투식량을 건네줬다. 그중 1가지를 골라 뜯어 입에 대보니 찐빵 비슷한 맛이 났다. 목이 메었으나 꿀맛이 따로 없었다.

허기를 채웠지만 행군은 역시 힘들기 짝이 없었다.

속보가 힘든 것은 당연한 일이다.

무엇보다 발바닥에 생긴 물집이 견디기 힘든 고통이었다.

오르막길은 3시간째 이어졌다.

숨이 턱턱 막혔지만 쉴 수도 없었다.

땀이 비 오듯 했다.

다리는 후들거렸다.

그러나 얼굴을 때리는 세찬 바람에 기온은 단 몇 분만 서 있어도 몸을 얼음덩이로 만들 만큼 찼다.

이러지 저러지도 못할 상황의 연속이었다.

머리는 텅 빈 듯하고 몸은 천근만근이었다.

그러나 이를 악물었다. 발이 저절로 움직이는 듯했다.

정신을 차려보니 어느새 왕방산을 돌고 있었다.

미군들도 힘든지 농담조차 하지 않았다.

침묵의 연속이었다.

귀에는 바람 소리만이 들렸다.

선두그룹에서 앞장선 2대대 대대장이 장병들을 다독거리는 말이
희미하게 들리는 듯했다.

다들 힘을 냈다.

필자도 젖 먹던 힘까지 짜냈다.

행군이 4시간 가까이 이어졌음을 알게 됐다.

저 멀리 부대 건물이 희미하게 보이기 시작했다.

그래도 갈 길은 18킬로미터나 남아 있었다.

한숨이 절로 나왔다.

침묵 속에서 저벅저벅 군화 소리만 이어졌다.

행군하는 군인을 추월하는 차량은 1대도 없었다.

교차로나 행군 행렬이 좌우로 빠질 때까지 차들은 천천히 가거

나 길을 비켜줬다.

갈수록 다리에 힘이 빠지기 시작했다.

서서히 뒤처지는 듯했다.

지나가는 미군 병사들은 웃음을 보이며 힘내라고 응원을 보냈다.

어떤 병사는 어깨를 툭 치기도 했다.

긴긴 행군은 9시간 만에 끝이 났다.

연병장에 도착하니 지휘관들과 미군 가족들이 나와 있었다.

몸은 파김치가 됐다.

배낭은 천근만근 같았다.

손가락 하나, 발가락 하나 꼼지락거릴 기력조차 없었다.

완주 그리고 새로운 시작

카투사 장병들에게는 마중 나온 가족이 없었지만 행군에 참석한 전원이 완주하는 기쁨에 얼굴은 매우 밝았다. 맨츄마일 행군을 1회 성공했을 때는 '버클'이, 2회 성공했을 때는 인증서와 코인, 3회 완주했을 때는 인증서, 코인, 미대대장급 표창, 4회 완주했을 때는 BIG 버클이 수여된다. 카투사 장병 절반 이상은 2회 이상 완주자들이다. 이들이 건각이 아니고 과연 누가 건각일까?'

흔히들 카투사라고 하면 영어는 잘하지만 체력은 좋지 않을 거라는 편견을 가지고 있다. 미군의 보조만 하며 편하게 군 생활을 할

것이라고 말이다. 하지만 그것은 오해였다. 카투사는 미군과 함께 생활하면서 훈련도 동등하게 받는다. 체격이 크고 체력적으로 우위에 있는 미군과 호흡을 맞추기 위해선 강철 같은 체력과 더불어 악바리 정신이 있어야 한다.

　행군을 마친 카투사 장병들의 얼굴은 땀으로 범벅이 돼 있었다.
　동시에 "또 해냈다"는 성취감으로 가득한 듯했다.
　필자 역시 기분 만점이었다.
　콜린 파월 전 미합참의장이 '훌륭한 전사'라고 말한 게 결코 과장되지 않았음을 확인하는 순간이었다.

2부

육 군

Republic of Korea Army

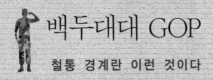

백두대대 GOP

철통 경계란 이런 것이다

GOP는 영어 General outpost의 줄임말
이다. 우리말로는 일반전초라고 한다. GOP는 적군의 접근을 조
기에 탐지해 주력 전투부대에 경고해주고 적 기습을 지연시키는
임무를 수행한다.

GOP 앞에는 DMZ와 GP가 있다. DMZ는 휴전에 따른 군사적
직접 충돌을 방지하기 위해 남북이 일정 간격을 유지한 완충 지역
이며, GP는 아군이 주도권을 장악할 수 있도록 주요 침투로 상에
서 매복 작전과 차단 작전, 각종 작전 임무를 수행한다.

DMZ는 서해안의 임진강 하구에서 동해안의 강원도 고성에 이르는 248킬로미터의 군사분계선을 중심으로 남북으로 각각 2킬로미터씩 총 4킬로미터 폭의 공간을 이른다.

그 DMZ를 24시간 철통 경비하는 부대가 GOP 부대다. GOP 부대는 우리나라의 최전방에 있기 때문에 어느 곳 할 것 없이 근무하기 힘든 곳이다. 그중에서도 가장 험난하기로 소문난 곳은 강원도 양구군에 있는 21사단 백두산부대 백두대대이다.

21사단 백두산부대는 6·25 한국전쟁이 한창이던 1953년 1월 15일 강원도 양양에서 제2교육여단으로 창설됐다. 이승만 대통령으로부터 백두산 정상에 태극기를 꽂으라는 의미로 백두산부대라는 부대명과 부대기를 받으면서 전설적인 역사가 시작된다.

양구군에서 출발한 군용 지프차는 2시간 40분간 비포장 언덕길을 내달렸다.

민통선을 넘어서자 한낮 기온이 섭씨 30도가 넘는 무더위는 어느새 사라졌고, 차는 자욱한 구름 사이로 들어가기 시작했다.

비포장도로를 따라 1시간 40분가량 가니 조그마한 삼거리에 장승이 보였다.

백두대대에 근무했던 장병들의 안녕을 기원하기 위해 세운 것이다.

이 부대는 대대장 취임 후 가장 먼저 장승에 고사를 지내는 전통이 있다.

몇 개의 초소를 지나다보니 등대처럼 서 있는 GP휴전선 감시 초소로, Guard Post의 약자이다가 눈에 들어오고, GP로 통하는 '대통문'이 드러났다.

소초에 도착했을 때는 소초장의 지시에 따라 군장 검사가 한창 진행되고 있었다. 군장 검사는 경계근무 전 필수 절차였다. 군장 검사는 당일 근무 투입조가 모여 작전 준비, 장병 건강 상태, 감시 장비, 작전시 유의사항 등을 점검받고 근무 시간을 재확인하는 절차다. 장병들은 각자 대검, 수류탄과 실탄, 야간투시경 등을 지급받았다. 실탄과 수류탄을 받은 장병들의 얼굴에 팽팽한 긴장감이 맴돌았다.

해발 1,064미터 높이의 산 정상의 날씨는 섭씨 18도로 늦가을처럼 싸늘했다.

옷을 더 챙겨 입고 초소로 향했다.

한겨울에는 체감온도가 영하 20도까지 내려간다고 한다.

소초 하나당 네 초소를 담당하기 때문에 장병들은 정해진 시간마다 초소를 옮기며 2인 1조로 경계근무를 선다.

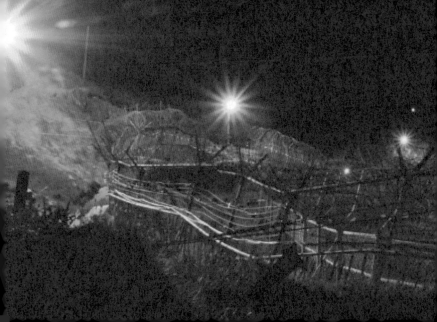

철책은 삼중으로 되어 있었다.

남쪽의 철책은 남책, 북쪽은 북책, 가운데를 중책이라고 한다.

북책에는 대인지뢰인 클레이모어claymore가 설치돼 있었다.

남책에는 하얀색 페인트로 절반이 칠해져 있는 청각석과 흔적석이 촘촘히 박혀 있었다.

기습 침투를 대비해 설치해놓은 것이다.

여기가 최전방임을 실감 나게 하는 증거물이었다.

등골이 서늘해졌다.

초소에서 전방을 바라보며 30분 정도 서 있었을까?

철책에 5미터 간격으로 매달려 있는 경계등에 일제히 불이 들어왔다.

끝없이 늘어선 철색선이 일제히 등이 켜진 모습은 그야말로 장관이었다.

다시 초소를 옮겼다.

경계를 하느라 앞만 뚫어지게 보고 있는데 등 뒤에서 이상한 소리가 들렸다.

알 수 없는 물체가 움직이고 있는 것 같았다.

머리카락이 곤두서는 듯했다.

다행히도 야생 멧돼지였다.

나도 모르게 안도의 한숨이 흘러나왔다.

멧돼지들은 자기들만 아는 길로 무리지어 옮겨 다니다가 식사 때가 되면 장병들이 주는 음식을 먹으려 부대 근처까지 하루 3번 어김없이 찾아온다고 한다.

초소 근무로 밤이 깊어가는 줄 몰랐다.

하늘 위의 별빛과 땅 위의 전등 빛이 어우러진 장관에 빠져들 겨를도 없이 시간이 흘러갔다.

멀리 보이는 북한군의 초소에는 14.5미터 고사총이 남한군 초소를 겨냥하고 있었다.

방아쇠만 당기면 총알이 도달할 수 있는 거리였다.

잠자리에 누웠지만 근무 시간에 본 별빛이 눈앞에 아른거렸다.

그러다 눈을 뜨니 이튿날 새벽이 다가왔다.

점호를 마친 뒤 기본 구급법, 위험 예지 훈련 등을 받았다.

비근무자일 경우에도 항상 작전근무를 서기 때문에 훈련을 소홀히 할 수 없었다.

24시간 긴장감이 맴도는
GOP 장병들이 있어
국민들이 오늘도
편히 쉴 수 있을 것이다.

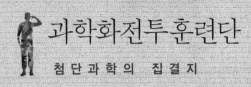

과학화전투훈련단

첨단과학의 집결지

"강한 자가 살아남는 것이 아니라,
살아남는 자가 강한 것이다."

영화 대사로 유명한 이 말은 본래 삼국통일을 이끈 명장 김유신
이 황산벌전투에서 남긴 명언이다.

1,300여 년이 지난 지금의 우리 군은 전장에서 살아남기 위한
훈련에 여념이 없다.

전장에서 살아남는 강군을 배출하는 곳이 강원도 인제군에 있
는 과학화전투훈련단KCTC(Korea Combat Training Center)이다.

3,200만 평의 훈련장

육군교육사령부 소속의 KCTC는 대한민국 유일의 과학화된 첨단 훈련단이다. 규모 면에서 세계 열 번째에 이르는 훈련장으로, 지난 2006년 3월부터 운영에 들어갔다. 여의도의 37배나 될 정도로 넓은 3,200만 평의 방대한 규모의 훈련장은 전술 목적, 참여 부대의 특성에 맞도록 9개의 훈련 코스가 갖춰져 있다.

2006년 3월부터 본격적인 운영에 들어간 KCTC는

전투 경험이 없는 병사는 실전에서 전투력을 발휘하지 못한다

는 분석에 따라 창설됐다. 현재는 미국 영국, 일본, 이스라엘 등 열

네 나라에서 훈련장을 운영하고 있다.

1981년 11월에 대부대 기동훈련장에 대한 구상이

시작되었는데, 이때는 면적이 1억 7,000만 평이었다.

이후 1997년에 3,577만 평으로 규모가 줄었다.

최초의 목적은 사단/여단급 기동훈련장이었으나

이로써 보병연대급 기동훈련장으로 축소되었다.

1년 후에 다시 대대급으로 확정지으면서 KCTC 사업단이 창설

되었다.

고지를 탈환하라!

필자가 KCTC에 도착했을 때는 칠흑 같은 어둠이
사방을 짓누르던 한겨울의 밤이었다.
살을 에는 바람에 코끝이 시리고 손끝의 감각도
사라질 듯했다.
대항군을 섬멸하고 고지를
탈환하라는 임무를 받고
학군 초군장교 170명과 함께
훈련을 시작했다.

새벽 3시 30분.
어둠 속을 숨 가쁘게 걸어서 대암산과 가마봉 사이
훈련장 입구에 도착했다.
어둠에 겁먹은 듯 달빛마저 빛이 바랜 것 같았다.
훈련장 입구에는 아침을 먹은 학군 초군반
장교들이 대기하고 있었다.
이들은 소위 임관 후 후반기 교육을 받는 중이었다.
사흘째 산속에서 숙식을 해결하고 있는 터라
야전에 참가한 장교들과 다를 바 없었다.

곧 아군과 적군이 나뉘었다.

KCTC 소속 전문대항군 22명을 포함한 92명의 대항군과 92명의 공격군이 구성되었다.

필자는 공격군에 가담했다.

지휘관들은 또 병력을 세 개 소대로 나눴다.

제1소대는 적 고지 진입로 오른쪽 대암산 능선을, 제2소대는 왼쪽 가마봉 능선을, 제3소대는 1소대를 따라 침투하기로 작전을 세웠다.

이런 모습을 보니 고지 탈환은 훈련 교범보다는 지휘관 능력에 크게 좌우될 것이라는 생각이 번개처럼 뇌리를 스쳤다.

새벽 5시.

드디어 K2 소총과 공포탄 60발을 지급받았다.

탄창은 세 개였다.

K2 소총은 공포탄을 쏘면 그 진동으로 레이저를 발사하도록 돼 있었다.

사거리는 실제 총과 같은 600미터이다.

1소대 정찰조에 투입된 필자는 산을 오르기 시작했다.

경사가 완만해 보였지만 오르기는 만만치 않았다.

20분 정도 산속을 걷다 보니 공기는 마치 냉동고에서 뿜어 나오는 것처럼 차가왔다.

이날 기상예보는 섭씨 영하 7도라고 했지만 체감온도는 훨씬 더 낮은 것 같았다.

오전 8시.

'탕, 탕, 탕.'
귓전을 때리는 총소리에 정신을 차렸다.
뒤편에서 연속으로 울리는 총소리였다.
대항군이 정찰조와 2소대 사이를 파고들어 2소대를 공
격했다는 직감이 들었다.

예감은 적중했다.
1소대장은 2소대와 합류할 것인지, 고지를 향해 전진할
것인지 결정을 내려야 했다.
총성은 끊이지 않았다.
초급 장교들이라 당황한 기색이 역력했다.

소대장은 지휘본부와 무선교신을 했다.

2소대를 기다려보고 연락이 끊어지면 전진하라는 지시
를 받았다.

적을 기습하기 위해 매복에 들어갔다.

산중턱으로 올라가 일부는 나무 뒤에 몸을 숨겼다.

일부는 진지로 들어가 주변을 경계했다.

필자는 누군가 파놓은 구덩이 속으로 뛰어들었다.

깊이 1미터 정도여서 매복하기에는 안성맞춤이었다.

다들 말이 없었다.

바람 소리만 요란했다.

이마에 흐르던 땀은 산바람에 얼어버렸다.

몸도 굳기 시작했다.

오전 10시.

1소대장은 2소대에서 생존한 10명의 장교가 보이자 다시 소대를 꾸렸다.

그러나 산을 내려와 도로를 밟는 순간 '꽝' 소리가 났다.

앞서 가던 소대원 5명의 팔에 장착한 마일즈에서 '삑~' 하는 소리도 울렸다.

지뢰를 밟은 것이다.

마일즈 신호음이 2번 울리면 경상, 3번 울리면 중상, 긴소리는 사망으로 각각 처리된다.

사망한 자는 헬멧을 벗고 지휘본부로 돌아가고 중상자와 경상자는 치료를 받기 전까지 소총이 발사되지 않는다.

엎친 데 덮친 격으로 2소대 교전에서 후퇴했던 대항군이 1소대
를 공격하기 시작했다.

1소대장은 대항군이 대항군 본부와 합류할 것을 차단하기 위해
무전으로 좌표를 불러주며 포 지원을 요청했다.

훈련장 곳곳에 배치된 관찰통제관은 장병들이 좌표를 설정하고
포 지원 요청을 하면 그 좌표에 현실감을 더하기 위해 공중폭발 섬
광모의탄을 던진다.

낮 12시.

30분간 교전을 벌였지만 적의 숫자는 줄어들지 않았다.

필자도 열심히 쏘아댔다.

총알의 절반이 없어졌다.

그러나 적을 사살하는 전과는 올리지 못했다.

적은 밀려오는데 총알은 없고 쏴도 맞지 않으니 몹시 초조해졌다.

숨을 들이마시며 긴장을 풀었다.

그때 지휘관으로 보이는 대항군이 눈에 들어왔다.

정조준하고 방아쇠를 당겼다.

북한군과 똑같은 복장을 한 지휘관은 곧 헬멧을 벗었다.

명중한 것이다.

도망가는 적을 사살하기 위해 대항군이 갈 만한 길목에 매복했다.

나무 뒤에 몸을 누인 뒤 낙엽을 둘러썼다.

대항군의 발걸음 소리가 들렸다.

벌떡 일어나 총을 겨눴다.

가슴을 향해 보란 듯이 방아쇠를 당겼다.

그러나 이게 웬일인가.

총알이 나가지 않았다.

성급한 마음에 재장전하는 것을 잊은 것이다.

대항군은 씨익 웃으며 필자를 향해 총알을 발사했다.

꽝 소리가 났다.

오후 1시.

중대장이 합류했다.

그는 일부 소대원에게 지원사격을 명령했다.

곧이어 소대원들과 함께 고지를 향해 뛰기 시작했다.

순식간에 벌어진 일이라 대항군도 막을 방법이 없는 듯 그대로 무너졌다.

고지를 탈환한 것이다.

출발 지점에서부터 고지까지는 불과 2.5킬로미터지만 탈환하기까지 무려 9시간이나 걸렸다.

가다 서다와 매복과 교전을 반복한 탓이었다.

초급 장교들과 기자는 파김치처럼 지쳐 있었다.

그래도 얼굴에는 기쁨이 가득했다.

일대일로 맞붙어 지형지물에 익숙한 대항군을 격파했기 때문이다.

공격은 수비보다 3배는 많아야 이긴다는 전술 교본의 진리를 깼기 때문이다.

그러나 기쁨이 가득할 것 같은 중대장의 눈에는 눈물이 고여 있었다.

잘못된 지휘 탓에 '죽은' 소대원들에 대한 미안한 마음 때문이었으리라.

사후검토 2차장 김대성 대령_{진·육사42기}은 설명했다.

"훈련을 통해 전술의 불확실성, 적과 지형의 파악 등을 터득하게 된다. 이런 훈련을 통해 전투력, 생존력은 급상승하게 된다."

2010년까지 과학화훈련장에서 전투체험을 한 장병은 9만 6,400여 명에 이른다. 일반인을 대상으로 정기로 실시하는 서바이벌대회를 합하면 체험자 수는 10만여 명을 넘어선다. 훈련단이 보유한 마일즈 전투장비는 총 26종이다. 개인화기가 K-1 등 5종, 대전차·유탄류 K-4 등 10종, 기동장비 전차 등 5종, 지뢰 등 6종을

구비하고 있다.

장병과 소대, 중대의 이동 경로, 피해 상황은 3차원 화면으로 구현된다. 과학화전투훈련장은 전장과 유사한 환경을 조성하고 첨단 장비를 운용하는 '국방과학'의 집결지인 것이다.

헌병대검문소

이것이 바로 철통경계다

1968년 1월 21일 무장 게릴라 31명이 한국군 복장을 한 채 서부전선 미군 담당 군사지역을 통과했다.

그들은 임진강 얼음판을 건너 산길을 타고 서울 시내 세검정 고개에 도착하게 된다. 하지만 이들은 비상근무 중인 경찰의 불심검문을 받게 되고, 위협적인 행동으로 400여 미터를 전진하자 연락을 받고 출동한 경찰 병력과 정면 대치하게 된다.

검문이 뚫리면 최후 방어선이 뚫리는 것과 마찬가지다.

이들 게릴라는 무차별 자동소총 사격은 물론 지나가는 버스 안에 수류탄을 투척, 경찰은 물론 민간인까지 살해하기에 이른다. 이들이 바로 청와대를 기습하기 위해 서울에 침입한 김신조 일당이다. 이 사건 이후 세검정 검문소가 세워지고 수도방위사령부 헌병단이 투입돼 상주하며 검문 체계를 구축했다. 40여 년이 지난 지금 세검정 검문소는 얼마큼 변했을까?

수도의 길목을 지키는 검문소

18:00

현대식으로 지어진 4층 건물. 15명 정도 앉을 수 있는 테이블과 가스레인지 등을 갖춘 조리실로 구분돼 있는 식당에 두 가지 색상의 활동복으로 나뉜 병사들이 식사를 하고 있었다. 한쪽은 경찰근무를 하고 있는 전경이고, 한쪽은 육군 마크가 찍혀 있는 군인이다.

19:00

지난 교육 시간에 근무로 인해 참석하지 못한 두 명의 병사를 대상으로 초소장의 무기 체계 교육이 진행됐다. M60에 대한 사용법 등을 설명하는 자리임에도 불구하고 장병들은 사정거리, 전시 상황시 유의사항을 숙지하고 있었으며, 일부 기능적 설명에 대한 물음에도 답변을 척척하고 있었다.

19:30

헌병단은 검문 임무, 교육훈련, 5분대기조 등 각종 임무가 많이 주어지기 때문에 준비가 철저해야 한다. 검문소를 담당하는 헌병단 장병들의 운동량도 일선 장병들 못지않다. 검문근무시 한자리에 오래 서 있어야 하는 탓에 평소 일정량의 운동을 하지 않을 경우 무릎에 무리가 오기도 한다.

20:00

저녁식사를 마친 식당에서는 영화 감상이 한창이었다. 장병들에게 그나마 아쉬운 것은 팝콘과 콜라였다. 건물 안에서 모든 것을 해결해야 하는 특수한 근무 조건 탓에 PX가 별도로 마련돼 있지 않아 미련이 남았지만 장병들은 최신 영화 상영에 만족하는 듯했다.

21:00

건물 청소는 장병들에 따라 구역이 나뉘었다. 계급 구분 없이 나뉜 구역은 2주에 한 번씩 바뀌었고, 청소가 끝나자 장병들이 하나둘 모이고 나란히 점호 자세를 잡기 시작했다.

23:30

12시 근무를 맡은 필자를 상황병이 특별히 깨워줬다. 군복을 입고 중대에서 지원해준 전자식 열조끼와 방탄조끼, 곤봉, 방향지시등, 방탄모 등 5킬로그램이 넘는 복장을 착용했다.

혹시나 추위에 떨까 핫팩도 챙겨주었다. 근무를 기다린 지 5분이 되었을까? 갑자기 건물 전체에 요란한 사이렌이 울리며 긴급 상황을 알리는 방송이 나오기 시작했다. 시끄러운 소리에 생활관 안에서 잠에 빠져들었던 장병들은 불을 켜고 군장을 착용한 뒤 상황실로 달리기 시작했다. 각기 개인총기를 휴대하고 어디론가 뛰기 시작했고 필자도 막무가내로 뛰었다.

긴급 상황훈련에 도착한 검문소에서 장병들은 100킬로그램이 넘는 바리케이드를 전경들과 함께 일사불란하게 설치하기 시작했다. 이에 이내 4차로 나뉜 방어선이 구축되고 100미터 거리에 철침판, 방향등 등이 위치를 찾아가며 헌병단 장병들은 각자 맡은 진지에 자리를 잡았다. 이 모든 것이 상황방송 이후 고작 6분 만에 이루어졌다.

00:30분

헌병단은 장병 한 명당 하루 두 시간씩 4회에 걸쳐 근무를 서며, 전경들과 함께 수배 차량 검색은 물론 서울로 진입하는 군 차량을 검문 검색하는 것이 주요 임무다.

교통의 요충지란 말답게 차량의 행렬은 끊임없이 이어졌다. 매일 수십만 대가 통과하는 차량을 살피다보니 몇 달 근무에 차량 전조등만 봐도 차량 종류를 판별할 수 있다고 한다.

매연과 먼지는 기본이고 도심이라 안심했던 추위는 전방 부대 못지않았다.

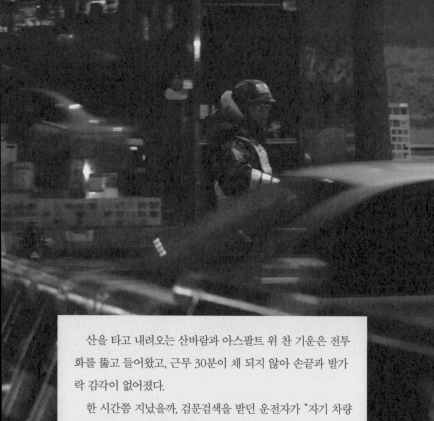

　산을 타고 내려오는 산바람과 아스팔트 위 찬 기운은 전투화를 뚫고 들어왔고, 근무 30분이 채 되지 않아 손끝과 발가락 감각이 없어졌다.

　한 시간쯤 지났을까, 검문검색을 받던 운전자가 "자기 차량을 굳이 잡는 이유가 뭐냐"고 항의하기 시작했다.

　장병은 경찰을 통해 유연히 대처했다.

　대학교가 인근에 있는 바람에 입학 시즌이 지나면 취객들이 부쩍 늘고 사사로운 시비가 늘 일어나지만 검문소에 접어들면서 실내등을 켜고 라이트를 꺼 매너를 지켜주는 운전자도 많다고 한다.

　시계를 보니 한 시간이 지났지만 몸은 마치 한참을 지난 듯했다.

차량 전조등을 정면으로 너무 오래 본 탓인지 눈에 피로감이 쌓여가고 무릎이 뻣뻣해지기 시작했다.

가장 고통스러웠던 건 새벽이슬과 함께 전해지는 찬 공기였다.

시간이 지날수록 도시 빌딩 사이로 불어오는 바람은 피할 방법이 없었다.

같이 근무를 선 장병은 그 모습을 보며 "이런 추운 날씨에는 다음 근무자가 보통 5분 정도 빨리 나오는 것이 매너"라며 안심의 미소를 보냈다.

아니나 다를까.

초소장과 함께 온 다음 근무자는 5분 전에 도착해 "수고하셨습니다"라는 말을 건넨다.

어느 누구보다도 반가운 얼굴이었다.

도심 속 사람들의 통행이 다시 활발해지는 새벽 4시가 되면 바리케이드와 각종 장애물은 걷어진다. 이로써 장병들의 주요 임무는 마무리 되고 사람들 출근길이 바빠질 때가 되면 근무로 인해 제대로 청하지 못한 잠을 오전 내에 보충한다.

장병들은 3개월간의 검문소 임무를 마치면 다시 수방사 본부로 복귀해 훈련을 받고 또 다른 수방사 헌병단 장병들이 투입된다.

남자들의 술자리에 빠지지 않는 안주가 군대다.

힘들었던 만큼 애착이 있다.

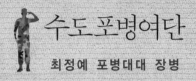

수도포병여단

최정예 포병대대 장병

> ## "화약의 힘으로
> ## 포탄을 멀리 내쏘는 무기."

대포의 정의다. 포탄은 대포의 탄알을 이야기하는데, 포탄은 커
다란 쇳덩어리일 수도 있고, 자체적으로 화약을 담고 있는 폭탄일
수도 있다. 직선으로 날아가는 직사화기는 총이라 하고, 포물선을
그리며 날아가는 곡사화기를 포라고 하기도 한다.

일각에서는 구경 20밀리미터 이상의 화약식 발사 병기를 대포
로 구분하기도 한다.

국군의 주축 155밀리미터 견인포

겨울의 문턱에 선 11월 말 용인구 처인구 양지면에 있는 수도포병여단을 찾았다. 기온은 영하 1도를 밑돌았다. 하지만 도착한 훈련 현장은 옷을 겹겹이 껴입은 필자를 무색하게 만들었다. 이번 호국훈련을 위해 며칠 전부터 야외에서 진지를 구축하고 대기 중인 육군 수도포병여단 충정포병대대 부대원들의 훈련 열기 때문이었다. 이들은 155밀리미터 견인포 등 모든 장비들을 위장막으로 덮어놓고 조심스럽게 움직였다. 순간 훈련 상황임을 다시 느낀 필자도 위장크림을 얼굴에 바르고 훈련에 동참했다.

이날 필자는 정찰과 155밀리미터 견인포의 부사수를 맡았다. 호국훈련은 육·해·공군, 해병대와 미 공군 등 7만여 명이 참가해 청군과 황군으로 나누어 펼친다. 남한강을 기준으로 북쪽에서는 청군이 방어를, 남쪽에서는 황군이 공격하는 방식으로 진행된다.

필자는 20킬로그램 무게의 무전기를 메고 올라탔다.
체감온도를 떨어뜨리는 칼바람에 콧물이 줄줄 흘러내렸다.
하지만 장병들은 소총을 전방을 겨누고 경계를 풀지 않았다.

우리나라 군대에서 사용하는 155밀리미터 견인포의 정식 명칭은 KH-179 155밀리미터 곡사포이다. 우리나라의 주력 견인포로, 전체 길이는 10미터이고 포신의 길이는 7.013미터, 총 중량은 6.89톤이다. 최대 분당 4발을 쏠 수 있다. 사정거리는 탄의 종류에 따라 다르다. 일반탄은 23킬로미터이고, 로켓 보조탄을 사용할 때는 30킬

로미터까지 날아간다.

155밀리미터 견인포는 1982년에 개발되어 1985년부터 배치되었다. 운용하는 데는 필요한 인원이 많은데다 노후화된 무기여서 차츰 K-9 등으로 교체되고 있다.

순간 무전기가 울리며 신호가 잡힌다.

"기러기, 기러기, 등장 바람, 여기는 개나리."

필자는 "그냥 잡음이겠지" 하는 생각에 무전기를 잡지 못했다.

하지만 무전병이 옆에서 수화기를 재빨리 가로채 "귀소 측 본대, 본국 측으로 이동 확인"이라고 답했다.

군용트럭이 도착한 곳은 한적한 시골마을이었다.

모두가 한마음으로 움직일 때 발사 준비 시간은 줄어든다.

부대원들은 견인포를 고정시키기 위해 다리 역할을 하는 지지대를 벌렸다.

또 바닥이 평탄하지 못한 탓에 발사판을 아래로 내렸다.

발사판을 내리기 위해서는 커다란 고정된 나사에 쇠파이프를 끼고 좌우로 흔들어야 한다.

좌우로 온몸을 이용해 흔들기를 50여 회 하자 허리가 끊어질듯 아파
왔다.

하지만 교대 인력은 없었다. 서로가 맡은바 임무가 있었기 때문에 손발
을 맞춰야만 했다.

명품 무기 K-9 자주포

155밀리미터 견인포 포격 훈련을 마친 뒤 백암면 백용리에 진지를 구축한 수도포병여단 포성포병대대를 찾았다. 이곳에서는 명품 무기로 손꼽히는 K-9 자주포 6문이 대기 중이었다.

훈련 현장에 도착한 시간이 밤늦은 시간이었기 때문에 부대원은 잠을 청하자며 K-9 자주포 안으로 필자를 이끌었다.

총 다섯 명이 탑승하는 K-9 자주포는 비상대기 때는 자주포 안에서 교대로 잠을 잔다고 했다.

가열기를 틀어놓아 소음이 심했지만 밖의 기온을 생각하면 천국이나 다름없었다.

　　K-9 자주포는 대한민국의 독자적인 자주포이다. 1989년부터 연구를 시작해 10년 뒤인 1999년부터 실전에 배치되었다.

　　포탄의 발사 속도, 반응성, 생존성, 기동성을 최대한 발휘하기 위해 탄 취급 장치, 뇌관추출기구는 자동화되어 있다. 급속 발사 시에는 15초에 초탄 3발을 발사할 수 있고, 1시간 동안 1분에 2~3발을 발사할 수 있다.

　　한 목표 지점에 대해서 각도를 달리해서 타격할 수 있는 게 특징이다. 즉 특정 지점에 낮은 각도와 높은 각도로 각도 변화를 주며 포탄을 떨어뜨릴 수 있다는 것이다. 이 덕에 엄폐된 적 진지도 초토화시킬 수 있다.

　　일반적인 대포가 한자리에 고정되어 있거나 군용트럭들이 끌

고 다녀야 하는 견인식인 반면 K-9 자주포는 스스로 움직인다. 1,000마력의 디젤엔진을 탑재하여 최대 시속 67킬로미터까지 달릴 수 있다. 이는 사실상 자주포임에도 전차와 같은 기동성을 확보한 것이다.

통제에 따라 K-9 자주포는 "으르릉" 엔진 소리를 뿜어내며 사격 위치로 이동했다. 정해진 임무에 따라 포반장은 발사 명령을 내리고 K-9 자주포는 적 전차를 제압하기 위한 사정거리 40.6킬로미터의 항력감소탄을 연이어 쏘았다. 사격을 마친 장병들의 얼굴에는 차가운 새벽 공기에도 아랑곳 하지 않고 비장해 보였다.

화약이 등장하기 전에 공성전에 주로 사용되었던 투석기 역시 대포의 일종으로 분류할 수 있을 것이다. 투석기는 지렛대의 원리를 이용하여 밧줄이나 탄성이 있는 커다란 목재 끝에 올려진 포석을 날리는 것이다. 실제로 인명을 살상한다기보다는 견고한 성채를 부수는 데 주로 사용되었다.

최초의 화약은 9세기에 중국에서 만들어졌다고 전한다. 도교 선인들이 '불로장생'의 명약을 만들기 위해 갖은 실험을 하던 중 화약이 탄생했다. 11세기경에는 화약을 이용한 무기가 만들어졌고, 연대가 확실한 중국의 화기는 1356년에야 나타났다.

유럽에는 1313년 독일의 베르톨트 슈와르츠가 로저 베이컨의 암호를 해독해 화약 제조법이 퍼지게 되었고, 이로써 세계는 화약 전쟁의 시대에 들어가게 된다.

화약을 이용한 최초의 대포는 유럽에서 1340년경에 실전 사용된 것으로 추정된다. 당시는 항아리에 화약을 채우고 그 위에 돌을 덮은 후 날려 보내는 식이었다.

현대식 대포는 18세기 후반에 나타났다. 프랑스에서 대포의 포신을 깎아 포구를 만드는 방법대포 천공기이 개발되면서 대포는 규격화되었다. 포탄 발사에 안정성이 생기자 명중률은 더 높아졌다.

수도방위사령부 방공여단

서울의 하늘을 지키다

　너무도 황당하여 우스갯소리로만 넘어가는 '도시 괴담'이 있었다. 여의도 로봇 기지설이다. 전쟁이 일어나면 안전기획부가 있는 남산 근처의 남산타워지금의 서울 N타워 꼭대기에서 63빌딩으로 신호를 보내고, 그 신호를 받아 가까이에 있는 국회의사당에 전달한다. 그러면 국회의사당의 돔이 열리면서 그 안에서 태권브이가 출동한다는 말이다. 더러는 국회의사당 건물이 아니라 그 앞의 한강이 갈라지면서 출동한다는 이야기도 있었다.

서울의 밤, 그 불안한 아름다움

대한민국 수도 서울은 북한과 무척 가까운 곳에 있다. 조선시대부터 수도였던데다 항구도시인 인천과 가까워 한 나라의 수도로 삼기에는 안성맞춤인 곳이다. 하지만 역시 남북 대치 상황에서 북한과 가까운 것은 치명적인 문제였다. 실제로 임진강을 통해서, 서해를 통해서 혹은 육로로 수많은 간첩이 넘어왔다. 그들이 맨몸으로 북에서 서울의 심장부까지 오는 데는 많은 시간이 걸리지도 않았다. 1968년 1월 21일에 박정희 대통령을 암살하려다 미수에 그친 북한 민족보위성 정찰국 124부대원 31명은 1월 17일 자정에 군사분계선을 넘었다. 그들이 청와대가 코앞에 보이는 청운동 세검정 고개까지 오는 데는 사나흘밖에 걸리지 않았다.

서울에서 개성까지는 불과 60킬로미터 남짓, 굳이 미사일이 아니라 장사정포만으로도 서울을 공격할 수 있는 거리다. 북한의 170밀리미터 자주포는 일반탄을 사용할 경우는 유효사거리가 24킬로미터지만, 연장탄을 사용하면 최대 54킬로미터까지 된다. 인구가 많은 파주와 고양시는 물론이고, 서울도 사거리에 능히 들어간다.

비행기 공격도 가능하다. 온천에 57비행연대, 황주에 3공군사령부, 56비행연대, 4비행연대, 태탄에 비행연대, 평양에 평양순안 국제공항이 있기 때문이다. 화려한 밤거리의 빛이 어른거리는 서울의 밤하늘은 아름답지만 또한 동시에 불안하다. 반짝이는 유리처럼 찬란하면서 또한 깨지기 쉽다.

2014년에는 북한제 소형 항공기가 발견된 적도 있다. 공격용이 아니더라도 탐사용으로는 충분히 기능할 수 있는 형태였다. 게다가 이제는 10만 원대로도 구입할 수 있는 무인항공기 드론의 전성시대다. 누구나 드론에 카메라를 장착해 띄울 수 있고, 그것으로 주요 지역의 사진을 얻을 수 있는 것이다.

유리처럼 화려한 서울의 밤하늘은 이렇듯 수많은 위험과 위협에 노출되어 있다. 그럼에도 우리가 안심하고 밤거리를 걸을 수 있는 이유는 바로 서울의 가장 높은 곳에서 서울의 밤하늘을 지키는 사람들이 있기 때문이다. 그들이 바로 수도방위사령부 방공여단이다.

솔개부대를 찾아가다

수도방위사령부 소속 방공여단은 서울 도심 고층건물 옥상에 자리 잡고 있다. 옥상에는 태풍과 맞먹는 바람이 분다.

2014년 3월과 4월에 추락한 북한의 무인항공기드론 3대가 파주와 백령도, 강원도 삼척에서 잇따라 발견되면서 논란이 일었다. 추락한 드론은 청와대, 경복궁 등 서울 일대를 비행하며 193장의 사진을 찍은 것으로 확인됐다.

당시 군 당국은 드론이 촬영한 청와대 사진을 북측에 전송했을 가능성에 대해 부인했다. 송수신기가 장착돼 있기는 하지만 영상 전송 용도가 아닌 조종이나 위치추적시스템GPS 정보를 송수신하는 용도였다는 것이다. 이후 군은 서울 상공의 드론에 대한 경계를 대폭 강화했다.

　　24시간 소형무인항공기와 저공비행 침투기를 경계하는 곳은 육군 수도방위사령부수방사 방공여단 격추대대이다. 방공여단은 청와대가 있는 서울 종로구 일대인 P-73A, 강북구부터 서쪽으로 은평구, 성동구와 마포구 일대를 포함한 P-73B 공역을 포함한 수도 서울특별시 및 수도권의 저고도 방공 임무를 수행하는 수도방위사령부 직할 방공여단이다. '솔개부대'라고도 한다.

P-73 공역은 어떠한 비행물체도 띄울 수 없는 비행금지구역이다. 소형 드론이라도 하늘에 띄우는 순간 권역 안에 있는 모든 방공진지가 경계태세를 갖추고, 순식간에 모든 화포들이 그 드론을 향하게 되어 있다. 그러다 P-73A 공역에 들어가는 순간 이유 여하를 막론하고 바로 격추사격이 실시된다. 심지어 우군기나 민항기여도 관계없다. 그곳은 대한민국의 심장 청와대가 있는 곳이기 때문이다.

격추대대를 방문하기 위해 찾아간 곳은 서울 도심 속 300미터가 넘는 고층빌딩 옥상이었다. 2012년 11월부터 이곳에 자리 잡았다. 옥상으로 올라가는 길은 엘리베이터였다. 엘리베이터가 고도 300미터를 넘어서자 바뀐 기압에 귀가 먹먹해졌다.

엘리베이터의 문이 열리자 2중으로 잠겨 있는 정문이 열리며 군 장병이 신원 확인을 시작했다. 160제곱미터약 50평 규모의 공간에는 15명의 장병들이 근무하고 있었다. 언뜻 보기에 협소한 공간이었

지만 짜임새 있게 구성된 내무반에는 헬스장, 식당, 독서실 등 모든
것이 완비돼 있었다.

이 건물의 꼭대기에 이런 공간이 있으리라고는 아무도 모를 것
이다.

건물 각 층에는 옷을 잘 차려입은 직장인들이 컴퓨터 자판을
두드리거나 부산히 전화를 걸고 있을 것이다.

누군가는 성공적인 진로를 쌓으며 승승장구하고 있을 것이고
누군가는 역경을 헤쳐 나가는 중일 것이다.

수많은 사람의 약속 장소인 1층 로비에는 분 단위로 사람이 바
뀌며 비즈니스 전쟁을 벌이고 있을 것이다.

건물과 옥상에서는 서로 다른 사람들이 서로 다른 목적에서 서
로 다른 싸움을 벌이고 있다.

'지낼 만한 곳이구나'라는 생각도 잠시

경계 기지가 위치한 옥상에 가기 위해 후문의 문을 여는 순간
영하 7도의 온도와 함께 매서운 칼바람이 얼굴을 강타했다. 1분도
되지 않아 꽁꽁 얼어붙은 몸을 이끌고 3층 높이의 계단을 올랐다.
고소공포증이 있다면 그야말로 공포 자체일 터다. 옥상에 올라가
니 바람의 세기는 더 강했다. 근무를 서고 있는 병사가 허리와
바닥을 로프로 묶고 있었다.

"바람이 강할 때는 태풍과 맞먹는 초속 40미터 정도가 된다. 바람이 불면 체감온도는 영하 20도까지 내려간다."

330제곱미터 크기의 옥상에 방공포와 지대공 유도무기가 육중한 몸매를 드러냈다. 옥상에서 한강은 물론 남산타워, 북한산 등도 한눈에 들어왔다. 잠시 후 도심에 어둠이 짙게 깔리자 좀처럼 볼 수 없는 야경이 펼쳐졌다. 서울 도심 야경을 즐기는 여유 같은 것은 없다. 어둠이 짙어질수록, 야경의 화려함이 빛날수록 경계를 서는 병사들의 긴장감은 더 높아진다.

방공여단 솔개부대 장병들은 겨울에는 건조함과 추위,
여름에는 건물에서 올라오는 열과 벌레와 싸워야 한다.
그럼에도 도심 속 경계를 한시도 늦출 수 없어 매일
교육을 반복해 받고 있다.

아무도 눈치 채지 못하겠지만,
　　서울 시내의 몇몇 건물 옥상에는 이와 같은 방공진지가 있다.
마치 경계초소처럼 보인다.
　　　　　서울의 가장 높은 곳을 지키는 도심 속 GP였다.

수도방위사령부 독거미부대

그녀들은 강했다

여군은 여성 군인, 혹은 여성으로 구성된 군대를 뜻한다. 여성이 언제부터 전투에 참여했는지는 확실하지 않다. 아마 원시시대부터 가족과 부족을 지키기 위해 여성들도 무기를 들었을 것이다.

자연발생적으로 등장한 여군 이외에, 근대 국가 중에서 최초로 여군을 조직한 나라는 프랑스다. 프랑스는 1800년대부터 여군을 조직해 운영했다. 이후 1901년에 미국이 미국-에스파냐 전쟁을 치르던 중 여군을 창설했고, 1922년 영국, 1945년에 독일, 노르웨이 등이 여군을 창설했다.

여군의 역할에 한계는 없다

1997년 4월 22일 페루 주재 일본대사관에서 인질극이 벌어졌다. 페루 정부는 즉각 대사관 인근 병원에 정보분석기지를 마련하고 미국에서 지원받은 첨단 감정 장비와 델타포스 정보요원 4명을 투입한다.

투입된 요원들은 인질의 요청으로 들여보낸 보온병에 도청기를 설치하고, 석방된 인질의 심문을 통해 테러범들이 오후에 실내축구장에 모인다는 첩보를 입수한다. 이때가 테러범들의 경계 취약시간이라고 파악한 요원들은 신속히 실내에 진입 인질범을 일망타진하게 된다.

대테러전에 있어 가장 중요한 첩보는 테러범의 인원 및 동선 파악, 무장한 무기의 종류, 인질의 상태 등이다. 특히 테러범의 요청에 의해 투입되는 간호사나 배달원, 여직원 등 가장요원이 얼마나 자연스럽

고 능숙하게 대처하느냐에 따라 상황은 급반전하기도 한다.

우리나라에서는 6·25 한국전쟁 중이던 1950년 9월 6일에 여자의 용군교육대가 창설됨으로써 여군의 역사가 시작되었다. 1955년에는 여군만을 위한 여군훈련소가 설치되었고, 1967년에 육군간호학교가 개설되면서 여군 간호장교를 양성하게 되었다. 1974년 1월에는 여군 계급 제도가 개편되면서 여군은 장교와 부사관만으로 편성되었다.

여군의 지위는 이후 상승해왔다. 1997년부터 1999년까지 공군 사관학교와 육군사관학교, 해군사관학교에서 순차적으로 여성 입교를 허용했고, 2002년에는 처음으로 여군 육군 소위가 소대장이 된다. 또 그해에 여군 최초의 조종사가 탄생했다.

2003년에는 여군 장교가 처음으로 전투함에 승선했고, 2007년에는 여군 첫 전투기 조종사가 배출되었다. 2010년에 각 대학교에 여성 학생군사교육단ROTC이 창설되어 여군이 될 수 있는 경로의 다양성을 확보했다.

일당백의 여전사, 독거미가 온다!

전국 여군 중 가장 뛰어난 체력과 강인한 정신력으로 중무장하고 대테러 임무를 수행 중인 여장부들이 있다. 바로 9명으로 구성된 수방사 독거미부대 특임중대원들이다. 이들은 경호 작전을 수행함은 물론 대테러전 상황시 여성 위장 요원으로 가장해 테러범들의 정보를 수집하고 직접 제압하기도 한다.

독거미부대는 수도방위사령부 제35특공대대 특임중대의 별칭이다. 수도권 지역의 대테러 임무를 수행하기 위해 1991년 3월에 창설되었다. 텔레비전 프로그램에 나와 유명해진 독거미부대는 여군에서 체력과 훈련 정도가 뛰어난 10명을 선발해 운용한다. 여군 사이에서 인기가 높아 경쟁률만 20 대 1이라고 한다. 이들은 남성 특수부대원과 마찬가지로 필수 관문인 38구경 권총 사격, 레펠 및 체력 훈련까지 소화한다.

필자가 독거미부대를 찾은 날 이들은 사격훈련장에서 권총 사격을 하고 있었다.

38구경 사격에서는 대원들의 권총에 5발의 총알을 넣고 15미터 앞 테러범이 그려진 과녁을 겨눴다.

차례로 발사된 1조 사격.

"탕, 탕, 탕!" 5인 1조를 구성해 발사한 총알은 손목의 반동과 동시에 멈추었고 과녁 점수를 확인하기 위해 다가가자 테러범의 머리 부분에 모두 구멍이 나 있었다.

10점 만점 과녁에 총알을 모두 통과시킨 유나영 중사는 특급전투원을 선발하는 대회에서 최고 요원으로 인정하는 금장金章을 받은 대원이다.

　방독면 사격, 야간 사격에도 90퍼센트 이상의 명중률을 보인다
는 타 대원들의 사격 솜씨도 그야말로 일품이었다.

　대원들의 평균 나이는 25~26세였다.

　가녀린 외모는 사격 과녁을 본 후 한순간에 지워지고 말았다.

　거리가 가까워 가능했을 것이라는 의구심에 필자도 총알을 장
전하고 조준해봤다.

　결과는 과녁 안에 모두 들어가기는 했지만 테러범이 붙들고 있
는 인질에게도 구멍을 만들고 말았다.

여전사들이 갖추어야 할 기본 요건 중 하나는 특공무술이다. 고
참들의 4~5단 무술 단수를 포함 부대원 9명의 총 단수는 합기도,
유도, 태권도 등 28단에 달한다. 또 특임중대원들은 남성 군인과
동일하게 기초체력 훈련, 레펠, 공수 기본 훈련을 받는 것은 물론
이고 미행 감시, 변장술, 잠금장치 해체술, 대화술, 간호 직무 교육
등도 습득한다.

오후에 대원들이 보여준 특공무술의 기합소리는 남자들을 주눅
들게 만들었다.

특공무술은 기본 방어동작과 돌려차기, 낙법 등으로 이뤄졌으며
적을 찌르는 손끝에서는 매서움이 살아 있었다.

박보미 중대장_{중위·육사 63기}은 설명했다.

"대원들 모두 단증을 보유하고 있지만 기본적인 특공무술이야

말로 특임대 임무 수행을 위해 필수적이다. 동작 하나하나도 그냥 지나칠 수 없다."

건물 침투 훈련과 11미터 높이의 타워 레펠 훈련에서는 특임중 대원들의 날렵함을 볼 수 있었다.

3층 높이 건물에서 몸을 거꾸로 하고 줄에 의지한 2명의 대원들이 거미가 거미줄을 타듯 조용히 엄호사격 자세를 취하며 내려오고 침투임무를 맡은 대원이 1층 창문을 통해 쏜살같이 침투했다.

1층에 대기하고 있던 가상의 적은 눈치를 채지 못해 방어에 손 쓸 틈이 없었다.

11미터 높이의 타워에서 대원들이 내려오는 속도는 불과 1.5초였다.

대원들이 시범을 보인 역레펠은 한손에 총기를, 다른 한손에는 줄을 쥐고 정면으로 내려오는 훈련으로 흔들리지 않고 자세를 유지하는 것이 관건이다.

독거미부대 여군을 이겨라

20대 중반의 특임대 여군과 30대 중반 남성을 체력적으로 비교한다면 누가 우수할까? 웬만한 남성이라면 '그래도 남자인데…'라는 생각으로 이길 수 있을 것이라고 장담할 것이다.

필자도 일말의 자신감을 갖고 특임대 여군이 체력검정으로 실시하는 팔굽혀펴기, 윗몸일으키기, 오래달리기, 밧줄타기의 4종목과 비종목 구름사다리 건너기를 도전해봤다.

여자들이 유리하다는 윗몸일으키기 결과는 여군 95개, 필자 57개.

김원희 중사의 횟수는 여자 특급 67개를 훨씬 넘어선 개수였다.

남자들이 유리하다는 팔굽혀펴기에서는 여군 64개, 필자 55개로 자존심이 속수무책 무너졌다.

강희영 하사의 팔굽혀펴기 또한 여군 특급 기준인 35개의 배에 가까운 횟수를 기록한 것이다.

그나마 자신 있던 오래달리기에서도 절반인 750미터 지점에 도착한 박 중위의 기록은 3분. 앞을 보며 이를 악물어봤지만 필자는 3분 20초로 또 패배하고 말았다.

비종목인 구름사다리에서는 쉴 틈 없이 박자에 맞춰 건너는 이시영 하사에게 다리에서 호흡을 하는 마지막 순간 역전을 당해 또 무릎 꿇고 말았다.

마지막 종목인 밧줄타기에서는 중도포기하고 말았다.

힘이 빠졌다는 변명을 해보지만 특임중대원들에게는 얼굴을 들 수 없을 정도로 빨갛게 달아오른 상태였다.

누구와 붙어도 이길 자신이 있다고 장담하던 그녀들의 장담이 현실로 드러나는 순간이었다.

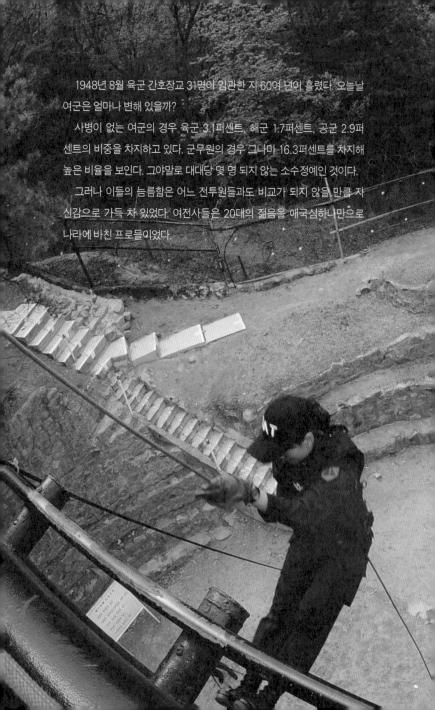

1948년 8월 육군 간호장교 31명이 임관한 지 60여 년이 흘렀다. 오늘날 여군은 얼마나 변해 있을까?

사병이 없는 여군의 경우 육군 3.1퍼센트, 해군 1.7퍼센트, 공군 2.9퍼센트의 비중을 차지하고 있다. 군무원의 경우 그나마 16.3퍼센트를 차지해 높은 비율을 보인다. 그야말로 대대당 몇 명 되지 않는 소수정예인 것이다.

그러나 이들의 늠름함은 어느 전투원들과도 비교가 되지 않을 만큼 자신감으로 가득 차 있었다. 여전사들은 20대의 젊음을 애국심하나만으로 나라에 바친 프로들이었다.

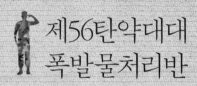

제56탄약대대
폭발물처리반

지뢰를 제거하라

6·25 한국전쟁이 발발한 지 60여 년이 흘렀다. 하지만 시간이 지나도 전쟁의 아픔은 우리의 기억과 가슴속뿐 아니라 한반도 전역에 남아 있다. 특히 전후 세대들에게 6·25 한국전쟁의 잔혹함을 생생하게 전달하는 것은 전국 도처에 묻혀 있는 미확인 지뢰들이다. 미확인 지뢰들은 신축 건설 현장이나 지하철 공사장에서, 아니면 하천 바닥 등에서 발견되고 있다.

군 당국은 미확인 지뢰를 제거하기 위해 전군에 40개 지뢰 처리반을 배치해두었다. 또 지뢰 제거 작업을 민간 업체에도 허용할 방침이다.

하지만 군 지뢰 전문가들은 충고한다. 끊임없는 훈련을 통해 고도의 기술을 연마한 뒤에야 불발탄과 싸울 수 있다는 것이다.

남아 있는 폭발물을 제거하라

육군 2군수지원사령부 예하 제56탄약대대대대장 신영석·3사 25기 폭발물처리반EOD이 담당하는 지역은 서울 북부, 하남, 용인, 성남, 양평, 여주, 가평, 수원 등이다. 이 지역을 8명으로 구성된 EOD 1개 처리반이 모두 담당한다. 이들은 포탄발견 신고가 접수되면, 언제든지 출동해야 하기 때문에 1개 처리반을 2개 조4명으로 나눠 24시간 대기하고 있었다.

필자가 연천 폭발물처리장에 도착했을 때 시간은 오후 1시 30분을 지나고 있었다.

하늘 한가운데 자리 잡은 태양은 낮 기온을 섭씨 31도까지 끌어올렸다.

이날의 임무는 불량탄 폭파로 EOD의 주요 임무 중 하나였다.

이날 폭발시킬 불량탄은 탄약고에서 탄약검사관들이 수리가 불가능하다고 판단한 4.2인치 조명탄 40발이었다.

무게는 1톤이나 됐다.

탄약을 폭파시키기 위해서는 폭파 대상 탄약의 2배에 해당하는 고성능 폭탄이 필요하다고 했다.

폭파를 위해 C-4Composition C-4 폭탄 17킬로그램을 준비했다.

장병들과 함께 움푹 들어간 땅에 삽으로 가로, 세로 각 2미터, 깊이 50센티미터로 구덩이를 팠다.

여기에 조명탄을 일렬로 나열했다.

조명탄은 자체 폭발력이 없기 때문에 위아래로 놓으면 폭발하

지 않는 경우가 생긴다. EOD 대원들은 모든 포탄의 종류와 특성
을 알고 있어야 한다.

C-4 폭탄을 화약이 담겨 있는 도폭선으로 감고 조명탄 위에 올
려놨다.

그 위에 흙을 60센티미터가량 덮었다.

흙을 충분히 덮어야 폭발력을 폭발 대상탄에 집중할 수 있고 파
편이 주변에 많이 튀지 않는다.

흙 밖으로 나와 있는 도폭선에 뇌관, 도화선, 퓨즈 순대로 연결
했다.

퓨즈를 당기면 도화선은 40초당 30센티미터의 속도로 타들어
간다.

　타들어간 도화선은 뇌관과 도폭선, C-4 폭탄을 동시에 터뜨린
다고 했다.

　이날 준비한 도화선은 1.8미터였다.

　퓨즈를 당기고 피신할 여유 시간이 4분밖에 없다는 뜻이었다.

　퓨즈를 당기고 1킬로미터 밖 관측소로 자리를 옮겼다.

　조바심을 느끼는 사이 '펑' 소리가 들렸다.

　관측소에서 가로 세로 15센티미터가량의 구멍으로 폭파 모습을
볼 수 있었다.

　0.5초나 지났을까. 귀가 멍해졌고, 철모가 반쯤 벗겨졌다.

　폭발 후폭풍의 위력이 대단했다.

　밀려오는 바람에 순간 숨도 쉴 수가 없었다.

보호복에 목숨을 맡기다

가슴을 가라앉히고 대테러 훈련을 받기 위해 자리를 옮겼다.

56탄약대대는 지난해 10월 군단으로부터 대테러 부대로 지정됐다.

장병들의 도움을 받아 '텔레토비 옷'이라고 부르는 30킬로그램의 폭발 보호복을 입었다.

바지만 입었을 뿐인데 다리가 후들거렸다.

윗옷을 입자 이마에서부터 땀이 비 오듯 쏟아지기 시작했다.

헬멧을 쓰고 1분도 채 안 지났음에도 다리의 힘이 풀려 중심을 잡기가 힘들었다.

임무는 가상의 폭탄 앞에 수압을 이용, 물을 쏘는 물포총을 설치하는 것이었다. 물포총은 강한 압력으로 물을 발사해 폭발물 회로를 폭파시키는 화기이다.

불과 10미터 앞에 있는 폭탄은 너무나도 멀리 떨어져 있는 것처럼 느껴졌다.

서 있기도 힘든 자세에서 한 걸음 한 걸음 움직였다.

헬멧 안에서 숨소리는 생각보다 크게 들렸다.

이마에 흐르는 땀방울은 뜨겁게 달아오르는 듯했다.

폭발보호복은 폭발로부터 대원을 지켜주기 위해 특수 소재로 만들어졌다. 또 아군과 교신하기 위해 옷 안에 통신 장비도 설치되어 있다. 폭발시 발생하는 폭풍은 초속 1,400~1,800미터에 이른다고 한다. 여름에 부는 강한 태풍이 초속 50~60미터 정도니 폭발풍이 얼마나 강한지 짐작할 수 있을 것이다. 방호복은 폭발풍으로부터 요원을 지켜줄 수 있다.

영화 〈허트 로커〉는 폭발물처리반 대원들이 맞딱뜨리고 있는 위험과 심리를 자세히 묘사하고 있다. 아무리 두꺼운 보호복을 입고 있다 하더라도 언제 터질지 모를 폭탄 앞에 선다는 것은 근원적 공포를 불러일으킨다. 실제로 바로 옆에서 폭탄이 터질 경우 보호복은 대원을 지켜주지 못한다. 그 이상의 위력을 발휘하기 때문이다. 따라서 폭발물을 제거하기 위해 폭탄을 직접 만질 때는 사선을 넘나드는 경험을 하는 것이다.

장갑을 벗고 물포총에 점화선을 연결하자 폭탄에 대한 두려움보다 보호복 안의 온도를 도저히 견딜 수가 없었다.

보호복은 두꺼운 만큼 뜨거웠다.

이윽고 물포총은 가상의 폭발물을 산산 조각냈다.

장석인 탄약처리관은 지적했다.

"유실 지뢰는 불발탄이 대부분으로, 섣불리 제거하겠다고 전문적인 지식 없이 건드리면 더 큰 사고를 자초하고 만다."

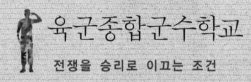

육군종합군수학교

전쟁을 승리로 이끄는 조건

군에게 군수란 사람의 동맥과 같다.

심장에서 뻗어 나온 동맥은 가장 중요한 두뇌부터 손가락, 발가락 끝까지 온몸을 돌아다니며 신체에 영양소와 산소를 공급한다. 군수를 군대의 동맥이라 하는 것도 이 때문이다. 군수를 제대로 공급받지 못한 부대는 전투를 수행하기는커녕 살아남을 수조차 없기 때문이다.

히브리 대학교 역사학과 교수 마르틴 반 크레펠트는 《보급전》이란 책에서 "유럽에서 승승장구하던 나폴레옹이 러시아 원정에서 실패한 이유와 제2차 세계대전 때 '사막의 여우'로 불리며 용맹을 날린 독일군 롬멜 장군이 북아프리카 전장에서 작전 실패한 이유는 단지 군수에 문제가 있었을 뿐"이라고 하기도 했다.

군대의 동맥, 군수

사전적 의미에서 군수는 군대에서 군 보급품 담당과 물자 조달 분야의 업무를 말한다. 우리나라 육군 군수사령관을 지낸 이상돈 중장은 『군수론』이라는 책에서 군수를 "군대가 군사 작전을 수행하기 위해 필요로 하는 물자를 지원하는 것"이라고 정의했다. 이 정의에 따르면 군사 작전에 필요한 무기부터 식량, 생활용품까지 일체를 포함하는 것이다.

우리나라 군수의 심장

대전광역시 유성구 자운대에 위치한 육군종합군수학교 입구에 들어서면 마치 군 부대가 아니라 봄기운 가득한 대학교에 온 느낌이 든다. 이런 느낌이 잘못된 것은 아니었는지 필자를 안내해준 장교는 "전시상황에서 원활한 보급을 위해 군수, 병기, 병참, 수송을 교육시키는 군수학교는 종합대학이나 마찬가지"라며 교육단으로 안내했다.

수송을 교육하는 교육단은 운전면허시험장과 같은 구조였다. '안전 교육'이라는 푯말을 붙인 다양한 군용 자동차가 넓은 아스팔트 위에 일렬로 늘어서 있었다. 강의실로 들어가니 6대의 운전 교육용 차량 시뮬레이터에 모여 있는 교육생들이 눈에 들어왔다. 훈련소에서 기초군사훈련을 마친 장병들로 각 부대에 운전병으로 배치받기 전에 5주간 교육을 받고 있다.

　　교육생들을 따라 군용 5톤 트럭 내부와 똑같이 생긴 시뮬레이터에 앉아 시동을 걸어봤다.

　　시동을 거는 방식은 일반 자동차와 다를 바 없었지만 5톤 트럭에 155밀리미터 견인포를 달고 수동으로 운전해야 한다는 점이 부담스러웠다.

　　기어를 2단에 놓고 액셀러레이터를 밟았지만 1미터도 채 가지 못하고 시동이 꺼져버렸다.

　　전진보다는 후진이 문제였다.

　　5톤 트럭의 크기도 크기지만 이 뒤에는 견인포가 달려 있다.

　　견인포의 방향은 뒷거울_{사이드미러}을 보며 조정해야만 했다.

　　후진하는 견인포가 오른쪽으로 방향을 틀면 핸들을 오른쪽으로 돌려 방향을 직진으로 잡아줘야 했다.

만만치 않았다.

견인포의 방향에 따라 핸들을 얼마만큼 돌려야 하는지, 원위치로 언제 돌려야 하는지 감을 익혀야 했다.

20년 무사고 운전 경력인 필자도 역시 속수무책이었다.

155밀리미터 KH-179 견인포는 우리나라의 주력 견인포로, 직사 사거리는 1,500미터이고, 간접사격의 사정거리는 일반탄의 경우 23킬로미터, 로켓 보조탄은 30킬로미터이다.

이런 거대한 포를 달고 운전을 해야 한다니 괜히 두려움이 앞선다.

모의주행을 마치고 실제 견인포를 견인하고 있는 5톤 트럭에 올라탔다.

시동을 걸자 긴장한 나머지 손에 땀이 흐르기 시작했다.

엔진의 진동으로 뒷거울이 흔들려 후방의 견인포를 보기 힘들었다.

결국 90미터를 후진하는 데 5분이 소요됐고 시동을 10여 차례나 꺼뜨렸다.

운전교관인 김효성 상사는 견인 트럭 운전의 중요성을 강조하면서 이렇게 말한다.

"야전에서는 울퉁불퉁한 땅에서 주행해야 하는 경우가 많아 교육을 충분히 받아야 한다. 장병들이 교육을 마치면 대형면허뿐 아니라 특수견인면허 등이 발급돼 사회에서도 유용하게 사용할 수 있다."

최상의 준비 태세를 위하여

정비 교육을 담당하는 병기 교육단으로 자리를 옮겼다. 실습장에는 야전부대에서나 볼 수 있는 K1 전차 5대가 일렬로 서 있었다. 하지만 야전과 달리 전차는 분해되어 있었다. 복잡한 설계와 수많은 부품을 보는 것만으로 머리가 복잡해졌다.

특수무기 정비를 담당하고 있는 장병들은 병기병과 하사와 전문하사들이다. 이들은 위아래 파란색 유니폼을 입고 있어서 언뜻 보기에 카센터 직원과 같았다.

장비를 운영하는 장병들이 정비를 하지 못하는 부분들은 모두 이들이 담당한다. 이들은 교재를 이용해 미리 자습을 하고 매 수업마다 현장에서 닥칠 수 있는 상황을 부여해 해결 방안을 스스로 찾도록 교육 받고 있다.

옆 건물로 들어가니 신궁, 비호, 다련장 등 최신예 무기들이 서 있

었다. 특수 무기를 정비하는 교육생들은 교관의 말을 놓칠까 필자가 들어오는 것도 모른 채 수업에 열중이었다. 한국기술교육대학교에서 신소재공학을 전공한 여군 성은현 특수무기교관대위은 말했다.

"특수 무기를 정비하기 위해서는 전자 체계는 물론 레이더까지 정비할 줄 알아야 한다. 군수학교 원격 교육처에서 사이버대학처럼 강의를 제공하고 실시간 상담까지 할 수 있어 야전 정비병들에게 도움을 주고 있다."

"작전은 전투에서 승리하지만, 군수는 전쟁에서 승리한다"는 말이 있다. 전투는 큰 전쟁 속에서 벌어지는 크고 작은 싸움이고, 전쟁은 특정한 목적을 가지고 국가 대 국가, 세력 대 세력이 벌이는 거대한 격동이다. 전쟁은 수년에서 수십 년까지 이어지기도 한다. 이러한 장기전에서 승리하기 위해선 무엇보다 군수가 가장 중요하다. 우리 군의 군수는 전쟁을 승리로 이끌 수 있다는 신뢰를 갖게 만들었다.

7공병여단 홍예부대

작전에 희망을 잇는 공병대대의 도하작전

북한이 남침한 지 사흘째인 2018년 6월 30일. 우리 군은 다시 반격에 나서기 위해 최신예 K2 전차를 앞세우고 남한강을 향해 진격한다. 하지만 북한군이 끊어놓은 다리 때문에 남한강을 건널 수 없게 됐다. 이때 공병대대가 도하작전에 투입됐다. 공병대대는 한 시간 만에 남한강을 잇는 부교를 설치하고 우리 군이 진격할 수 있는 발판을 만들었다.

가상의 시나리오지만 한미연합사와 합동참모본부는 이 같은 전시상황을 대비해 수시로 도하훈련을 실시한다. 도하훈련을 체험하기 위해 필자는 경기도 이천에 위치한 '7공병여단 홍예부대'를 찾았다.

멈추지 않고 진격하라!

공병Military Engineering은 군대의 병과 중 하나로, 군대에서 필요한 시설을 만드는 부대를 말한다. 공병은 크게 전투공병과 시설공병으로 나뉜다. 시설공병은 일반적인 민간 건설회사나 토목회사와 비슷한 임무를 수행하는 반면 전투공병은 실제 전투 현장에서 전투부대를 지원하는 역할을 한다.

전투공병은 지뢰를 제거하는 것부터 진격로 상에 있는 각종 장애물을 제거하고, 전방에 임시로 주둔할 수 있는 전방 진지를 공사한다. 전투공병대에서 무엇보다 중요한 임무는 부교를 세우는 것이다. 우리나라는 산지가 많고 지형의 기복이 심해 전차가 통과할 수 없는 곳이 많기 때문이다. 특히 크고 작은 하천이 많아 진격 속도가 늦어질 우려가 있다. 전투공병의 역할은 이럴 때 부교를 가설하여 전차 부대를 비롯한 각급 부대가 멈추지 않고 진격할 수 있도록 하는 것이다.

홍예부대는 잘 정리된 차량과 넓은 운동장 외에는 다른 부대와 다른 점이 없었다.

하지만 본부 건물 뒤편으로 돌아가자 대형 물웅덩이가 한눈에 들어왔다. 물구덩이는 길이만 180미터이고, 수심은 3미터가 넘었다.

커다란 저수지에 가까웠다.

　　도하작전은 적의 통제 아래 있는 강이나 큰 내를 건너 공격하는 작전을 말한다. 도하는 강습도하와 정밀도하로 나눌 수 있다. 강습도하는 적의 공격이 있거나 공격이 예상되는 상황에서 신속히 도하하여 반대편 지역을 확보하기 위한 도하이다. 대부분 전차나 장갑차처럼 수중 기동이 가능한 화력장비가 우선 도하한 뒤 적을 제압하고, 그 뒤로 보트를 탄 보병이 도하를 실시하는 것이다.

이렇게 화력으로 강 반대편을 제압한 뒤 정밀도하로 이어진다. 정밀도하는 공병 장비를 이용해 부교, 즉 물 위에 뜨는 다리를 가설하는 것이다. 이렇게 만들어진 다리 위로 후속 부대가 강을 건널 수 있게 하는 것이다.

물 위에 다리를 짓다

도하작전을 수행할 때 주의해야 할 것은 물에 빠지는 것이다.

군복 위에 구명조끼를 입고 옷을 단정히 갖춰 입자 정훈장교는 말했다.

"고무줄로 조인 바지 끝단을 양복처럼 풀어야 한다.

바지 안의 공기를 가둬두면 물에 빠질 경우 발은 물 위에 뜨고 얼굴은 물 아래로 가라앉는다."

등 뒤에서 굉음을 뿜어내며 트럭 1대가 다가왔다.

트럭은 후진으로 몸체의 절반을 물속에 빠뜨리더니 싣고 있던 덩치 큰 쇳덩어리를 물에 쏟아냈다.

다리를 만드는 교절이었다.

5톤이 넘는 교절은 순식간에 접힌 날개가 펴지면서 거품을 일으키며 물 위에 펼쳐졌다.

또 다른 트럭들이 교절을 물에 빠뜨리는 동안 안내 장교는 "교절을 연결해야 한다"면서 교량가설단의 작업용 배인 교량가설단정Bridge Erection Boat(BEB)으로 안내했다.

BEB는 조그마한 해안 경비정처럼 생겼지만, 무게는 4톤이고, 최대 시속 40킬로미터로 물 위를 가른다.

BEB는 한 번에 2~3개의 교절을 예인하여 물 위에서 교절과 교절을 잇는다.

국방개혁에 따라 올해까지 육군에서 담당하던 해안경비 임무를 해양경찰로 이관하게 되면 BEB 운전병은 육군에서 유일하게 배를 운전하는 보직이 된다.

　신기한 마음에 올라탄 BEB의 조종대는 생각보다 간단했다.

　운전대와 2개의 엔진을 다루는 스틱이 전부였다.

　생긴 모습만 보며 "직접 운항을 해보겠다"고 운영병을 졸랐지만 5분 만에 BEB의 운전대를 놓고 말았다.

　BEB는 단순히 교절을 나르는 역할을 하는 것이 아니라 물 흐름의 속도에 따라 방향은 물론 엔진 출력까지 다룰 수 있는 요령이 필요했다.

　BEB 운영병이 교절을 연결하자 장병들은 재빨리 교절에 올라타기 시작했다.

　장병들의 일사불란한 움직임에서 얼마나 많은 훈련은 반복했는지가 느껴졌다.

　마음이 다급해진 필자도 교절에 올라타자 한 장병이 쇠파이프를 하나 건넸다.

지렛대 역할이 힘겨워 옆에 있던 교절을 밧줄로 끌어당기는 장병과 역할을 바꾸자고 했다.

하지만 더 힘들었다.

평소에 손바닥을 쓸 일이 없었던 필자는 금세 허물이 벗겨지기 시작했다.

손목도 욱신거렸다.

1시간 동안 정신없이 움직이자 온몸은 금세 땀으로 범벅이 됐다.

교절 5개가 연결됐다.

5.5미터 길이의 교절은 어느새 25미터가 훌쩍 넘는 다리가 돼 있었다.

강 건너편에 대기 중인 장갑 전투차량을 태우기 위해 BEB를 이용해 다리를 이동시켰다.

다리를 만들었다는 뿌듯함도 있었지만 5톤가량의 전투차량이 교량 위에서 잘 버틸 수 있을까 조마조마했다.

중대장이 양손에 깃발을 들고 12가지의 수신호를 통해 장갑차를 다리 위로 이끌었다.

전투차량이 슬금슬금 올라탔지만 교량은 꿋꿋하게 버텨주었다.

BEB는 다시 전투차량을 태운 다리를 이끌고 물 건너편으로 이동했다. 임무가 끝나고 훈련장 밖으로 나와 보니 BEB의 물보라 때문인지 교절 위로 무지개가 보였다.

이 부대 이름이 '홍예虹預(무지개)'다.
작전에 무지개 같은 희망을 만들어주는
부대라는 뜻일 것이다.

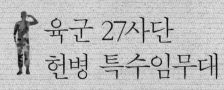

육군 27사단
헌병 특수임무대

테러범과 눈 마주친 순간, 숨이 멎었다

영어 단어 테러terror는 프랑스어 terreur에서 나왔고, 이는 라틴어로 '거대한 공포'를 의미하는 명사 테로르terror에서 출발했다. 테러에 대해 사전에는 '폭력을 써서 적이나 상대편을 위협하거나 공포에 빠뜨리게 하는 행위'라고 정의하고 있다.

테러는 언제 어떻게 일어날지 예측하기가 어렵다. 테러는 정치적인 목적, 사회적인 목적, 종교적인 목적을 위해 폭력을 도구로 사용하는 것이다. 그럼으로써 관심을 불러일으키고 자신이나 자기 조직에 대한 공포를 주입하는 행위이다.

가장 비겁한 공격, 테러

우리나라는 테러로부터 안전할까? 안타깝게도 전혀 그렇지 않다. 북한의 김정은 국방위원회 제1위원장이 최근 대남 테러에 역량을 결집하라는 지시를 했다. 또 정보당국도 반북활동가, 탈북자, 정부 인사를 대상으로 한 독극물 공격, 종북 인물들을 사주한 테러, 중국 등 3국으로의 유인·납치 등의 테러가 일어날 가능이 있다고 파악하고 있다.

우리나라에서 일어날 가능성이 있는 테러에 대비한 부대가 있다. 바로 헌병 특수임무대다. 강원도 화천군에 위치한 헌병 특수임무대 부대 입구에 들어서면 부대 뒤편에 우뚝 서 있는 화악산이 한눈에 들어온다. 부대 곳곳에는 봄의 전령사인 개나리꽃이 만발해 묘한 이질감을 선사한다. 봄의 따사로운 기운과 무관하게 테러 특수부대의 분위기는 차가운 긴장감만을 준다.

헌병 특수임무대는 작전 지역의 탄약보급대대, 항공대 등 주요 군사 시설에서 발생할 수 있는 테러에 대비하고 있다. 이곳에서 근무하는 장병들은 기본적으로 특공무술 유단자에다 대부분 키가 180센티미터가 넘는다. 이들은 뛰어난 체력과 운동능력을 바탕으로 철저한 훈련을 쌓는다고 알려져 있다.

헌병 특수임무대의 훈련

특수임무대의 일상은 한순간도 긴장의 끈을 놓칠 수 없다. 테러

가 예고 없이 일어나는 만큼 이들의 훈련 또한 예고 없다. 일상 훈련을 마치고 각자 개인적인 시간을 갖던 저녁 무렵 굉음이 울린다. 이것을 군대에서는 '상황이 발생했다'고 표현한다.

책을 읽거나 텔레비전을 보던 장병들은 불과 10초도 안 되는 사이에 마스크와 헬멧, 방탄복을 착용하고 생활관 밖으로 나갔다. 이들이 입고 있는 방탄복은 8킬로그램이 넘는다. 무게도 무게지만 온몸을 단단히 압박하기 때문에 보통 사람은 숨조차 쉬기 어렵다. 게다가 헬멧을 쓴 머리는 고개를 제대로 들기도 힘들 정도다. 이들은 순식간에 K-2 소총과 K-5 권총을 수령하고 차량에 올라타 특임팀장의 작전 계획 설명을 듣는다.

특수임무대는 평소에도 하루에 몇 번씩 작전 지역 내 주요 건물에서 훈련을 실시한다. 건물 구조와 테러범들의 인원에 따라 작전이 달라지기 때문에 항상 반복 훈련을 할 수밖에 없는 것이다.

눈짓과 수신호로 소통하다

훈련 작전에는 4명으로 구성된 돌격체포조, 저격조, 엄호조가
투입됐다.

차량에 올라타고 인질들이 침투한 건물에 도착하자 특임 장병
들은 일렬로 벽에 붙어 건물 정문을 향해 조심히 걸어 들어갔다.

작전 중에는 모든 대화를 손짓으로 한다.

엄호조는 인질극이 벌어지고 있는 건물 반대편을 향한다.

좁은 골목길에서는 오발 사고의 위험이 있기 때문에 사격할 때
를 제외하곤 총구를 밑으로 향하게 다닌다.

인질극이 벌어지고 있는 창문에 근접하자 팀장은 목에 달려 있
는 마이크를 통해 작전을 지시했다.

"지금부터 강습한다. 셋, 둘, 하나."

순간 돌격체포조는 인질극이 벌어지고 있는 내무반에 소음으로
충격을 주는 충격탄을 던지고 진입했다.

순간 발생하는 굉음에 테러범이 놀란 사이 특임대는 테러범의
눈앞에 있었다.

동시에 엄호조도 창문을 열고 진입해 테러범에 총구를 겨눴다.

인질을 잡고 있는 테러범은 흥분하기 시작했다.

어떤 상황이 벌어질지 모르는 긴장감이 맴돌았다.

테러범이 고개를 돌려 눈빛이 마주치자 돌격체포조가 소총을
발사했고, 순식간에 테러범을 제압했다.

숨이 멎을 만큼 긴장된 상황이 연속되었지만, 결국 테러범을 진
압하며 상황은 종료됐다.

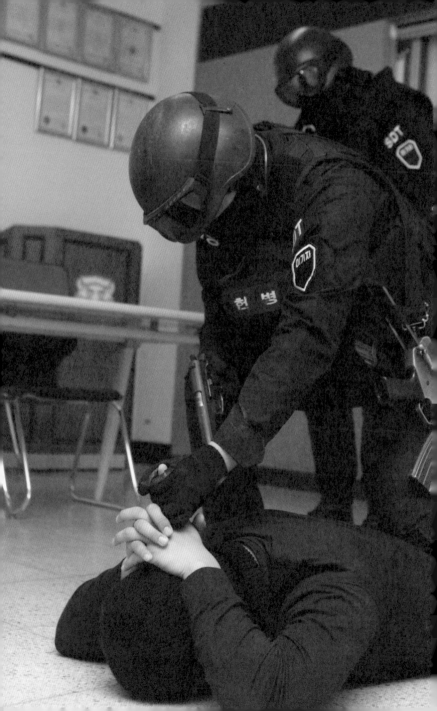

"지역에서 발생할 수 있는 테러의 종류는 다양하다. 도심지역인 만큼 특임장병들은 건물 내 이동 간 사격 등 일반 부대와 달리, 다양한 훈련을 연습해야 한다."

최민식 헌병대장의 말이다. 이처럼 특수임무대는 대테러 초동조치, 군 특수범인 체포작전, 주요인사 근접경호 등을 수행한다. 그뿐 아니라 재난 발생시 인명구조 활동도 병행한다. 맡은 임무가 많기 때문에 이들은 그만큼 다양한 훈련을 소화한다.

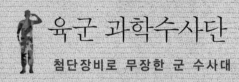

육군 과학수사단

첨단장비로 무장한 군 수사대

2010년 11월 23일, 새벽 1시 50분, 전방 사단의 GP에서 '쾅' 하는 폭발음과 함께 여기저기서 비명소리가 들린다. GP 장이 달려가 본 내무반은 그야말로 아수라장이었다. 대대 정보장교에게 '총격 도발'이라는 보고를 한 뒤 부상자를 이송시킨다.

이 사건이 바로 자칫 미궁에 빠질 뻔한 '전방 GP 수류탄 폭발 사건'이다. 결국 범인을 검거했지만 결정적 단서를 찾는 데 일등공 신인 과학수사단은 그다지 언론의 주목을 받지 못했다.

어디에도 피할 곳은 없다

사건이 발생한 지 4개월 후 과학수사단을 찾았다. 따뜻한 햇볕이 내리쬐는 계룡대였지만 과학수사단 건물은 봄기운을 느낄 만큼 한가해 보이지 않았다. 필자가 찾은 당일에도 광역수사대 수사관 일부가 현장 감식을 위해 출동을 한 상태였다.

"언제 어디서 터질지 모르고 한 번 출동에 현장 감식 기간조차 가늠하기 힘든 것이 수사관들의 업무"라고 한다.

센터장의 안내에 따라 이동한 곳은 과학수사대다.

이곳에서는 용의선상에 오른 인물을 추적하고, 핸드폰 등 자료를 각 통신사에 요청해 수백만 개의 엑셀 파일을 전송받는다. 이때 한눈에 볼 수 있게끔 통화 관계도가 자동으로 작성되는 통신추적 프로그램이 가동된다.

계좌 추적 프로그램은 수많은 사람과의 자금 흐름도가 한눈에 보이도록 분석된 모니터에 띄운다. 이와 비슷한 출입국 추적 프로그램은 구글어스와 연동한다. 이 프로그램은 지난 2006년 한 장교가 지인을 통해 중국, 홍콩 등을 오가며 진급 관련 비방의 글을 게재한 범인을 검거할 때 핵심 역할을 했다. 이러한 프로그램은 국정원에서조차 탐낼 정도라고 한다.

이 밖에도 CCTV 판독기, 1만 1,000여 명의 얼굴이 담겨 있는 몽타주 그래픽 프로그램이 설치돼 있다.

과학수사센터는 설립 이후 80여 건의 수사를 지원했으며 100퍼센트 해결해내는 성과를 이뤘다. 이는 과학수사 기법이 토대가 되었기에 가능한 일이었다.

　1층에 자리 잡은 사이버수사대는 보기엔 평온해 보였지만 수사관들의 손놀림과 눈동자는 매서운 매와 같았다.

　사이버수사대는 범죄 현장의 컴퓨터 복원은 물론 사이버해킹 범죄까지 총괄하고 있다. 이곳에는 그동안의 자료를 디지털화해 프로파일링 수사에도 사용하게 된다.

　또한 모바일포렌식 방식은 세계 최고 수준으로, 국내에서도 대검과 과학수사단만이 완전히 구축해 활용하고 있는 시스템이다.

　모바일포렌식의 경우 물에 빠지거나 불에 탄 휴대폰조차 제조사에 따라 80~90퍼센트 복원할 수 있다. 내장된 메모리카드를 복원할 경우 기기 안에서 삭제된 통화, 전화번호부, 문자 내역은 물론 사진, 동영상까지 복구할 수 있다.

정경학 사이버수사팀장은 설명했다.

"내비게이션, PDA 등이 상용화됨에 따라 휴대용 통신기기로 벌어지는 사건은 점점 늘어나고 있으며 정확한 증거물 확보를 위해 첨단기술 및 인력 보유가 필수이다."

범인의 심리를 파악하라

과학수사단 건물 2층에는 신문실, 거짓말탐지실, 심리분석실, 뇌파분석실이 자리 잡고 있다. 신문실의 경우 필요한 경우 변호사를 참관시킬 수 있으며 모니터실을 통해 추가 질문은 물론 용의자의 심리를 파악한다.

수사관의 권유에 기자도 거짓말탐지기에 앉아보았다.

1부터 7까지 숫자를 마음속으로 골라보라고 한 뒤 수사관이 1부터 10까지 "이번 숫자가 맞습니까"라는 질문을 이어나간다.

마음속으로 굳게 다른 생각을 하며 피하고 '아니오'라는 대답을 외치고 있는 순간, 수사관의 얼굴엔 미묘한 웃음이 비쳤다.

조태연 거탐·최면수사관은 "군인의 경우 민간인보다 더 정확한 반응을 보이게 되는데 이는 한정되고 통제된 생활을 하는 환경적 특성"이라고 설명했다.

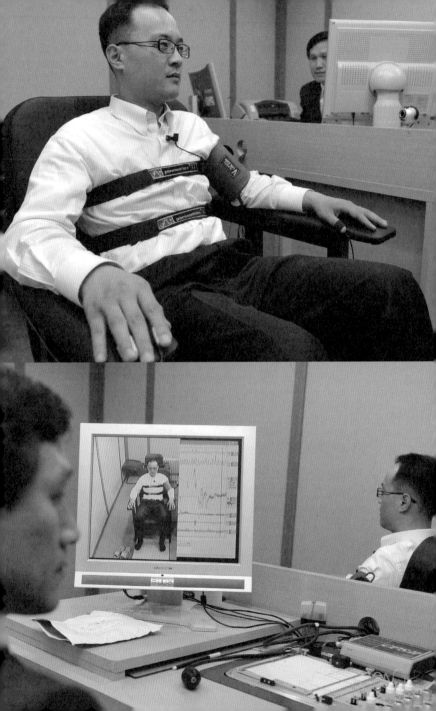

　뇌파분석실은 사건 현장에서 발견된 공개되지 않은 흉기를 보여 줬을 때 범인의 뇌파 전위값이 급속하게 증가하는 점을 이용한다. 반면 최면 수사는 범인보다는 목격자와 피해자를 위주로 수사하는 것으로 무의식 중 지워진 기억을 상기시켜 뺑소니 등 다양한 증거를 포착하는 기법이다.

　수사관들을 비롯해 위탁교육이 가능한 현장감식 훈련장은 의사목 매어 사망, 총기·폭발물 사고, 화재사고, 교통사고 현장으로 구분, 정기적으로 반복 훈련을 하고 있었다. 실내 사망자가 발생했을 때 기본적으로 4명의 감식팀을 구성해 감식한다. 감식의 원칙은 전체에서 부분으로, 외부에서 내부로 진행하는 것이다.

　총기로 인한 사망자가 발생했을 경우 총기 발사흔 채취Gun Shut Residue(GSR) 키트를 이용해 사체 손에 뇌관화약이 있는지 감식한다.

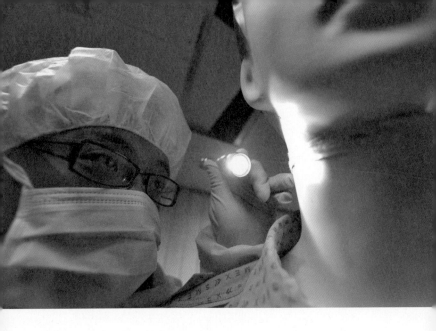

뇌관 화약이 신체 일부에 묻어 있다면 대부분 총기를 직접 들고 발사한 자살일 가능성이 높다.

화재로 인한 현장은 연기의 방향, 실내 가구의 배치에 따라 정황을 판단하며 배선에 이슬이 맺힌 모양이 눈에 띈다면 누전에 의한 화재 가능성도 염두에 둘 수 있다.

사망자가 발생한 현장의 경우 머리카락 하나가 범인 검거에 결정적 단서가 될 수 있기 때문에 입구부터 미세한 먼지까지 꼼꼼히 살피는 것이 중요하다.

수사팀은 총기사고 현장, 방화 현장, 자살 현장들을 재연해놓고 현장수사를 한다. 범죄의 첨단화 추세에 맞추어 사이버 범죄수사대는 전 세계 군대 중에서도 최고의 정보와 기술을 갖추고 있다. 수사대의 장비를 보니 역시 IT 강국다운 면모가 눈에 띄었다.

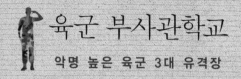

육군 부사관학교

악명 높은 육군 3대 유격장

부사관은 군대에서 장교와 사병 사이에 있는 중간 신분의 군인을 말한다. 병사를 직접적으로 통솔하거나 전문 기술 및 지식을 겸비한 간부 군인이다. 부사관은 직업 군인이며, 하사, 중사, 상사 원사의 계급으로 구성한다.

장교들이 작전을 세우거나 부대를 지휘하고 행정적인 업무를 수행한다면, '군대의 안주인' 부사관은 세부 업무를 수립하고 실행한다. 부사관은 복무 기간이 짧은 병사는 수행할 수 없는 전문적인 기술을 요하는 병과를 담당하곤 한다. 전투 병과에서는 부소대장이나 부중대장, 행정보급관을 맡아 부대의 운영을 보조하는 역할을 하기도 한다.

"충성! 정통해야 따른다"

부사관은 직접적으로 병사들과 함께 생활하기 때문에 여러 문제에 봉착할 수 있다. 병사들이 지시를 제대로 따르지 않는 경우도 있기 때문이다. 전문 기술이나 전투 훈련이 능숙한 모습을 보이지 않으면 통솔력이 제대로 설 수가 없다. 따라서 부사관은 일반 병사들보다 훨씬 혹독한 훈련을 받으며, 그 훈련을 모두 마쳐야 하사로 '임관'할 수 있다.

전북 익산시 육군부사관학교를 찾았다. 세계 최대 규모의 부사관 양성기관이란 칭호에 걸맞은 78만여 평의 교장 안에는 각 기수별 부사관 후보생들이 구령에 맞춰 기초체력훈련에 한창이었고, 한쪽에서는 따사로운 햇살 아래 면회를 온 가족들과 함께 웃음꽃을 피우고 있었다.

일반병에서 부사관을 지원한 후보생들이 모여 있는 09-2기 15중대 4소대에 배치된 필자도 체육복으로 갈아입고 일요일 오후 4킬로미터 구보에 동참했다.

구보를 마치자마자 순환식 체력단련장으로 옮긴 후보생들은 외줄타기, 윗몸일으키기 등 기초체력훈련을 받고 있었다. 이들은 서로 힘내라는 격려의 말을 건네며 힘이 되어주었다. 이들 후보생들은 웃으며 기초체력훈련에 임했지만 체력검정에서 낙오할 경우 훈육 심의를 거쳐 퇴교 대상자에 오를 수 있다. 따라서 외줄타기를 오르지 못한 후보생들은 자진해서 반복 훈련을 하기도 했다.

"충성, 정통해야 따른다!" 교육 기간 동안 부사관들이 경례할 때 붙이는 구호다. 이는 병사를 통솔하는 부사관이 맡은 임무에 정통해야 병사들이 따른다는 의미를 지니고 있다.

저녁식사를 위한 식당 이동 중에도 제식훈련과 목청이 터질듯한 구호는 계속됐다. 소부대를 이끌기 위한 부사관 후보생이기 때문에 제식이 생활 습관이 되어야 하기 때문이다. 식당 안에서 남녀 후보생이 같이 식사를 했지만 서로가 이성의 눈길이 아닌 동기애로 가득 차 있었다. 학생지도부사관 하선애 중사는 "남녀 후보생들이 같이 훈련을 받으면 동기애는 물론 여군에 대한 편견도 많이 줄어든다는 장점도 있다"고 설명했다.

저녁식사를 마친 후에는 종교 활동을 하기도 한다.

생활관으로 돌아와서는 다음 날 있을 유격훈련 장비 점검과 점호 준비로 분주해진다. 분대장 후보생은 분대원들에게 존댓말로 지시를 내리고 분대원들도 지시사항에 복명복창으로 따르며 서로를 존중했다.

점호시간까지도 분대원들은 재빠르게 움직여야 한다. 완전군장을 풀어헤치고 무작위 검문이라도 하듯 꼼꼼히 살피는 중대장의 움직임에 훈련생들의 얼굴에는 긴장감이 역력히 드러났다. 다행히 일반병에서 지원한 훈련생인지라 특별한 실수가 없어 이날 밤은 무사히 넘기고 잠자리를 청했다.

육군 3대 유격장

유격훈련은 군 생활의 꽃이다. 이렇게 말하면 손사래를 칠 사람
이 한둘이 아닐 것이다. 유격이란 적진에서 그때그때 상황에 따라
기습적으로 이루어지는 공격을 뜻한다. 따라서 유격훈련이란 기습
적인 상황에 대비한 훈련을 의미한다.

유격훈련은 각종 장애물훈련, 헬기나 절벽에서 밧줄에 의지해
내려오는 레펠 훈련, 2줄이나 3줄 밧줄을 이용해 하천이나 계곡을
건너는 도하훈련, 산악 구보, 암벽 등반 등으로 구성되어 있다.

병사들이 두려워하는 것은 중간중간 이어지는 유격체조이다.
유격체조를 실시하는 이유는 근육의 긴장도를 높여 각종 훈련에
서 사고를 방지하기 위해서다. 하지만 종종 징벌적 성격이 강해 모
두들 기피하는 편이다.

부사관학교에 있는 고산유격장은 육군에서 악명 높은 3대 유격
장 중 하나로 꼽힌다.

이른 아침부터 유격장에 도착할 때까지 후보생들의 마음이 경
직이라도 된 듯 아무 말이 없었다.

40분 거리의 유격장에 도착하자 한쪽에 빨간 육각모자를 쓴 조
교들이 줄지어 서 있었다.

모자챙 아래 숨겨져 있는 조교들의 눈빛이 차갑기만 했다.

군장을 풀고 곧장 연병장에 집합했다.

후보생들은 일반병 시절부터 받아온 유격이지만 받을 때마다
긴장되기는 마찬가지였다.

　　대아저수지를 끼고 있는 유격장의 풍경을 즐길 사이도 없이 선글라스를 착용한 조교의 카리스마 넘치는 호통이 이어졌다.

　　유격체조는 총 14개 동작으로 구성되어 있는데, 하나같이 수행할 때마다 온몸 구석구석 근육을 마비시킬 것처럼 힘든 동작의 연속이었다.

　　동작 1번 '온몸 비틀기'부터 이어지는 체조는 순서마다 헤쳐모여, 팔굽혀펴기 등을 포함해 강행군을 이어갔다.

　　마지막 구호는 말하지 않는다는 호령이 무색하게 어디선가 큰 목소리의 마지막 구호가 들려와 힘든 체조는 두세 차례 반복되기 일쑤였다.

　　드러누운 연병장의 바닥 온도는 온돌방을 무색하게 했고, 간혹 불어오는 산바람만이 유일한 위안이었다.

유격훈련 조교가 훈련에 지친 후보생들에게 "아프다고 아픈 척, 힘들다고 힘든 척하는 것은 부사관이 아니다"라고 단호하게 말하자 모두들 이를 악물고 훈련에 임했다.

동작 8번 쪼그려 앉아뛰기부터는 버티기 힘든 시간이었다.

온몸이 땀으로 범벅이 되고 옷이 흙투성이가 되었지만 "나 하나 때문에 타 훈련생에게 피해를 주면서 어떻게 부대원들을 이끌 부사관이 되겠느냐"는 조교의 목소리에 다들 입술을 물고 버티고 있었다.

"정통해야 따른다"는 모토에 맞는 충고였다.

반복되는 헤쳐모여는 25도 기온에도 현기증을 느끼기에 충분했다.

필자가 훈련생인 줄 착각한 조교는 살며시 다가와 "발가락 모으고 똑바로 안 섭니까? 놀러오셨습니까?"라며 소리쳤다.

여기서 필자가 사실은 체험 취재하러 나온 기자라고 이야기해봐야 소용없을 것이다.

유격장에서는 조교 자체가 명령이다. 유격장의 조교 앞에서 계급도 무의미하고 신분도 무의미하다. 조교의 말 한마디가 법이고 진리였다. 부동자세를 취하라는 조교의 목소리를 듣는 순간 온몸의 근육에 바짝 긴장했다. 다른 훈련병에게 피해를 줄까 목청을 더 높일 수밖에 없었다.

유격대 박두재 대장소령 학군35기은 "산악 훈련을 위해 온몸의 긴장을 풀 수 있는 체조는 필수적이며 긴급 상황에 대비한 지역병원, 심폐소생술 등 숙련된 조교가 있어 언제든지 안전 대비는 충분하다"고 설명했다.

나보다 더 이상의 전문가는 없다

기다리던 점심시간이 오자 다들 해냈다는 흐뭇함과 허기진 배보다 시원한 물 한 잔을 더 애타게 찾았다.

서로가 여전히 존댓말을 쓰며 자신의 수통 물을 동기 머리에 끼얹어주는 모습은 '부사관은 병사들의 따뜻한 어머니여야 한다'는 교육관의 말을 되새기게 했다.

식사를 마치고 달콤한 휴식도 잠시 산악훈련장으로 이동하기 위해 한 시간가량 코스별 훈련장을 지나 산 정상 세줄타기 훈련장까지 올라갔다.

산 정상과 정상을 연결한 세줄타기 밧줄의 길이는 40미터가량.

20미터 높이에 있는 밧줄은 아찔하지만, 그 아래는 그물과 생명줄이라는 2중의 안전장치가 있다.

그럼에도 불구하고 발아래로 시선을 돌리기 어려울 정도로 어질어질했다.

고소공포증을 뒤로하고 세 번째 순서로 정해져 밧줄에 다가가자 발이 바닥에서 떨어지지가 않았다.

전방을 향해 시선을 고정시킨 채 군화 밑창 홈을 이용해 한발 한발 전진하자 이번엔 건너편 조교의 호통이 이어진다.

어김없이 쩌렁쩌렁 울리는 조교의 목소리는 귓가를 울리고 꾸물거린다는 이유로 다시 얼차려를 받고 말았다.

건너편 정상에 도착하자 곧장 다리에 힘이 풀리고 아래 땅을 보자 안도의 한숨만 나올 뿐이었다.

다음 과정은 수평이동이다. 도르래를 이용해 몸을 'ㄴ'자로 굽히고 건너편 정상까지 넘어가는 훈련이다.

몸을 굽히지 않을 경우 착지할 때 충돌 위험이 있어 오전 훈련으로 경련이 일어날 것 같은 배에 힘을 주고 밧줄에 몸을 실었다.

산바람을 가르며 3초 만에 안전하게 착지했다.

코스별 산악훈련 모든 과정을 마치고 내려오는 길의 저녁노을은 하루 종일 햇볕 아래서 그을린 훈련생들의 얼굴 빛깔 같았다.

훈련을 마치고 부사관학교로 복귀하는 후보생들의 발걸음이 가볍다.

이들은 오늘뿐 아니라 내일도 최강 전투원이 되기 위해 땀을 흘릴 것이다.

부사관은 군의 미래다

6·25 한국전쟁 발발 1년 전 개성 송악산 전투에서 육탄으로 적의 기관총 진지를 격파한 육탄 10용사, 6·25 한국전쟁시 베티고지 전투에서 1개 소대 병력으로 18시간 동안 적 2개 대대 314명을 사살하고 고지를 사수한 김만술 상사 등 전쟁사에서 부사관의 역할은 전쟁 승리의 핵심을 차지해왔다.

또 19세기 초 나폴레옹은 자신의 부사관 근무 경험을 바탕으로 조직을 만들기도 했다. 이를 보면 군 조직의 중추 역할을 담당하는 부사관의 중요성을 새삼 강조할 필요는 없다.

미군의 영향을 받아 창군 때부터 도입한 육군 부사관은 기술

위주 첨단 과학군으로 가는 구조로 증가하는 추세이며, 전문성을 가진 간부로 급부상하고 있다.

부사관 진급 문제의 경우 학벌보다 능력이 중요하다는 것은 선진국의 사례에서 쉽게 찾아볼 수 있다. 미국 조지 마셜 장군은 2년제인 버지니아 군사학교를 나와 육군참모총장과 국방장관, 국무장관을 역임했다. 할렘가에서 어린 시절을 보냈던 콜린 파월은 학군장교 출신으로 합참의장과 국무장관에 올랐다. 또 초대 한미연합사령관을 지낸 존 벤시는 사병에서 출발, 간부후보생을 거쳐 육군참모총장과 합참의장을 지내기도 했다.

육군항공작전사령부

육군이 보유한 기동 헬기 능력

육군에는 오로지 보병과 전차, 포병만 있는 줄 아는 경우가 많다. 하지만 육군도 전투기와 헬기를 운용하기도 한다. 육군에는 육군항공작전사령부^{이하 항작사}가 따로 있어서 육군이 펼치는 항공 작전을 총괄한다.

'불사조부대'라고도 불리는 육군항공작전사령부는 1948년에 창설되었다. 당시 명칭은 육군항공사령부였다. 항작사는 CH-47, UH-1H, UH-60 등의 기동헬기, AH-1S 코브라, 500MD, BO-105 등의 정찰 및 공격헬기를 보유하고 있다.

하늘을 나는 괴물 CH-47 치누크 수송헬기

경기도 이천에 육군 항공작전사령부가 있다. 이른 아침의 활주로는 자욱하게 낀 안개 탓에 끝이 보이지도 않는다. 그러나 항작사 관계자의 안내에 따라 천천히 걸어가니 안개 사이로 시내버스보다 커 보이는 육중한 몸매의 CH-47 치누크 수송헬기가 눈앞에 불쑥 나타났다.

거대한 치누크 수송헬기는 장갑차 수송을 위해 블레이드를 힘차게 돌리며 5미터 상공으로 떠오르더니 몸체를 틀어 이동하기 시작했다. 2개의 3엽 회전날개에서 뿜어져 나오는 바람은 50미터 바깥에 서 있는 필자의 몸을 흔들 정도로 강력했다. 탠덤 회전 날개식 헬리콥터만이 가지고 있는 힘이었다. 블레이드는 서로 반대로 회전하면서 몸체의 균형을 잡으며 무게 7.5톤의 장갑차를 마치 빈 상자인 것처럼 가볍게 들고는 제자리에서 회전하다 사뿐히 이륙했다.

치누크Chinook란 미국 원주민 부족의 이름 중 하나다. 미군은 종종 헬기나 전투기에 원주민 부족의 이름을 별칭으로 쓰기도 한다. 아파치 헬리콥터도 그중 하나다. 치누크 헬기의 동체 길이는 15.9미터이고, 폭은 3.78미터다. 최대 시속 315킬로미터까지 낼 정도로 빠르면서도 10톤이 넘는 중량1만 886킬로그램을 실은 채 작전을 수행할 수 있을 만큼 강하다. 최대 이륙 중량은 그 두 배인 2만 2,668킬로그램이나 된다.

필자도 4.5톤 무게의 유류 드럼통 30개를 수송하기 위해 CH-47

치누크 수송헬기에 탑승했다.

　기체 내부는 앞부분의 조종석을 제외하고도 길이 9.5미터에 너비 2.3미터나 된다.

　족히 7평은 될 만큼 커 보였다.

　전시에는 이 공간에 다목적 차량 2대 또는 105밀리미터 곡사포, 중무장 병력 33~55명까지 실을 수 있다. 바람을 뿜어내며 떠오른 치누크 헬기는 강력한 엔진을 탑재하고 있었지만 의외로 흔들림 없이 부드럽게 나아갔다.

　드럼통을 몸체 밑 부분에 매단 치누크 헬기는 해발 445미터인 마국산 오운봉까지 날아가 가로 15미터, 세로 10미터 넓이의 목적지에 드럼통을 사뿐히 내려놓았다.

전시에는 무기와 병력 수송이 임무지만 평시에는 산꼭대기에 위치한 부대에 유류와 식량 등 월동 물자를 수송한다고 한다. 또 산불 진화도 임무다. 평소에도 물을 26개 드럼에 담아 진화하는 훈련을 수행한다.

301대대 이보형 대대장중령·육사 46기은 훈련 때마다 2주간 준비한다고 설명했다.

"전시상황이 아닌 물자 수송 때라도 각별한 주의가 필요하다. 항공기 점검은 물론 조종사의 건강까지 세심하게 점검하고 있다."

치누크 헬기의 정비는 10시간 운행마다 58개 항목을 눈으로 검사하고, 500시간 운행 때는 167개 항목을 점검한다. 500시간마다 받는 점검은 블레이드는 물론 엔진까지 분해해 검사하기 때문에 2달가량 걸린다고 한다.

육군 주력 작전헬기 블랙호크

항작사에는 UH-60 블랙호크 헬기도 있다. 경기도 가평군 미사리에 있는 특수전교육단에는 해군, 공군, 정보사로 구성된 훈련 장병들이 대기하고 있었다. 훈련 장병들이 UH-60 블랙호크에 10명씩 올라탔다. 헬기는 나란히 이륙하기 시작했다.

블랙호크 헬기의 정식 명칭은 시코르스키 UH-60 블랙호크이다. 블랙호크는 쌍발 터빈 엔진, 단발 로터의 다목적 헬리콥터이다. 보병의 전술 수송, 전자전, 구급헬기를 포함하여, 다양한 작전에 활용되고 있다.

길이 19.76미터에 폭은 2.36미터이고, 최대 1만 660킬로 그램까지 실은 상태에서 이륙할 수 있고, 작전 수행을 위한 최 대 중량은 9,980킬로그램이다. 최대 속도는 시속 295킬로미 터이나 전투 행동반경은 592킬로미터로, 우리나라 전역을 무 대로 활동할 수 있다. 블랙호크는 최대 5,790미터까지 상승할 수 있다.

필자가 탑승한 헬기가 1.8킬로미터 상공까지 상승하자 좌 우 옆문을 열기 시작했다.

눈을 뜰 수 없을 만큼 거센 바람이 헬기 안쪽을 뚫고 지나 갔다.

아래를 바라보니 사람은 보이지 않고 자동차도 조그마한 점 처럼 보였다.

바로 옆에 떠 있는 UH-60 블랙호크에서도 장병들이 1명씩 자유낙하를 시작했다.

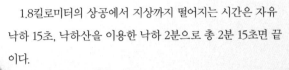

　1.8킬로미터의 상공에서 지상까지 떨어지는 시간은 자유낙하 15초, 낙하산을 이용한 낙하 2분으로 총 2분 15초면 끝이다.

　그야말로 총알 같은 속도다.

　이 짧은 시간 안에 착지해야 하는 고난도 훈련이다.

　장병들이 낙하하는 속도를 보고 있자니 오금이 저렸고 등골에서는 식은땀이 흘러내렸다.

　장병들을 내려놓고 UH-60 블랙호크는 605대대가 위치한 조치원 기지로 이동해 전술지형비행을 선보였다. 전술지형비행이란 산의 능선을 타고 저공비행해 침투하는 훈련이다. 저공비행을 하면 적의 포탄은 물론 적의 시야에서도 벗어날 수 있다. 헬기 5대가 산의 굴곡에 따라 줄지어 비행하자 마치 한 마리 뱀이 이동하는 것처럼 장관을 이뤘다.

　훈련을 마치고 이천 기지로 돌아오니 활주로에서는 UH-60 블랙호크 10대, CH-47 치누크, 코브라 A1-S 5대, 해군 링스 3대가 줄지어 이륙하고 있었다.

　2항공여단 김환섭 안전과장은 "한 번에 이렇게 많은 헬기를 볼 수 있는 기회는 1년에 1~2번뿐"이라면서 "굉장한 행운을 얻은 것"이라고 설명했다.

　아침에 긴 안개는 모두 사라지고 저녁노을 사이로 떠오른 육군 기동 헬기가 하늘에 보인다. 눈앞에 펼쳐진 모습만으로도 그들이 믿음직스러웠다.

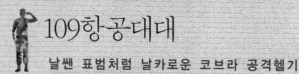

109항공대대

날쌘 표범처럼 날카로운 코브라 공격헬기

15세기에 레오나르도 다 빈치가 남긴 여러 스케치 중에는 현재의 헬리콥터와 비슷한 형태의 비행체가 있다. 하지만 실제로 사람이 탑승하여 실제로 이륙한 헬리콥터는 1907년 프랑스의 폴 코르뉴가 발명했다. 그가 만든 초기 헬리콥터는 2미터 높이에서 20초 정도 머무는 데 성공했다.

비행 가능한 최초의 헬리콥터는 1937년 하인리히 포케가 개발한 FW61기였다. 1939년 러시아 출신 미국인 이골 시콜스키는 단식 로터에 꼬리 회전날개를 갖춘 오늘날의 반토크 테일로터 형식의 기초가 된 VS-300을 개발하였다. 이후 헬리콥터는 무섭게 성장했다

육군 최정예 코브라 헬기

남북 고위당국자 접촉을 불과 30분 앞둔 2015년 8월 22일 오전 11시 59분. 전군에 비상이 걸렸다. 북한의 무인기로 추정되는 물체가 군사분계선MDL을 넘어왔기 때문이다. 가장 먼저 출동한 군은 육군 항공작전사령부다. 당시 육군은 항작사 소속 코브라AH-1S 공격헬기를 앞세웠다.

북한의 전차부대가 가장 두려워하는 코브라 헬기는 육군에 전력 배치된 최정예 부대로 손꼽히고 있다. 코브라 헬기의 전술 비행을 체험하기 위해 항작사 1항공여단 109항공대대를 찾았다.

코브라 헬기의 정식 명칭은 벨 AH-1 코브라이다. 미국의 벨 헬리콥터 사가 개발한 공격용 헬리콥터로, 1967년에 처음 도입되었다. 몇 차례의 모델 업그레이드를 거쳐 2010년에는 최대 이륙 중량 8톤에 쌍발엔진을 장착한 AH-1Z 바이퍼가 생산되고 있다. 코브라 헬기는 공격용 헬기인 만큼 탑승 인원이 2명뿐이다. 1명은 조종사이고, 다른 1명은 부조종사 겸 사수이다. 폭은 0.9미터로 좁지만, 길이는 13.6미터. 시속 300킬로미터 이상의 속도를 낼 수 있고, 항속 거리는 574킬로미터에 이른다.

코브라 헬기의 장점은 바로 무장이다. 7.62밀리미터 다총신 미니건을 양쪽에 탑재했고, 유탄발사기를 기수 앞에 탑재했다. 14발의 미사일을 발사할 수 있고, 20밀리미터 기관포가 달려 있다. 최신 기종에는 BGM-71 토우도 4~8발을 탑재하고 있다.

필자가 코브라 헬기에 탑승한 날 하늘은 비행을 쉽게 허락하지 않았다. 오전에 항작사에 도착했지만 먹구름 탓에 시계視界가 200미터에 불과해 비행은 불가능했다. 오후가 되자 언제 그랬냐는 듯이 먹구름은 물러나고 비행장에 코브라 헬기가 날렵한 몸매를 드러냈다. 이어 엔진은 굉음을 내기 시작하더니 열기를 내뿜으며 프로펠러를 회전시켰다.

코브라 헬기는 2명의 조종사가 탑승한다. 헬기의 바람을 맞으며 필자가 무기 체계를 담당하는 앞좌석에 탑승하자 항작사 관계자는 "양발의 페달과 고도를 조정하는 오른쪽 조종관, 방향을 전환시키는 왼쪽 조정관을 절대 건드지 말라"고 경고했다. 민감한 조종관을 잘못 건드릴 경우 비행 중에 추락할 수 있있기 때문이다.

　　코브라 헬기 좌석은 성인 남성 1명이 빠듯이 앉을 정도로 비좁았다. 20여 가지의 계기판은 이해하기 힘들었지만 눈앞의 조준경은 전차들이 두려워한다는 토우 미사일 조준경임을 짐작케 했다. 조정석 덮개캐노피는 방탄이 되지 않지만 조종석 옆에는 두꺼운 철판으로 된 방탄벽이 조종사를 보호해줬다. 코브라 헬기의 캐노피는 전투기처럼 매끈하고 둥근 모양이 아닌 각을 세운 모양이다. 항작사 관계자는 앞좌석에 무기를 담당하는 조종사가 굴절 현상을 느끼지 않기 위해서라고 귀띔했다.

쾌속 비행

캐노피가 닫히자 헬멧의 무전기로 "찰리 3, Take-Off이륙"라는 음성이 흘러나왔다.

코브라 헬기는 더 강한 굉음으로 내며 지상 1미터 위로 가볍게 떠올랐다.

이어 코브라 헬기는 180도 방향을 바꾸더니 같이 비행하는 헬기 세 대와 함께 이륙장으로 이동했다.

긴장감에 양발은 물론 온몸에 힘이 들어가기 시작했다.

조종석 내부에 장착된 거울에 비친 필자의 얼굴은 그야말로 사색이 되었다.

비행을 앞둔 코브라 헬기들은 마치 100미터를 질주하기 전 준비 자세를 취하고 있는 야생 표범을 연상케 했다.

속도라는 것이 이런 것일까?

코브라 헬기가 이륙한 지 1분도 채 지나지 않았지만 낙동강과 경기도 남양주시 시내가 한눈에 들어왔다.

풍경을 즐기는 것도 잠시였다.

앞서 비행한 찰리 1과 찰리 2호기가 산 능선을 따라 급강하하기 시작했다.

능선을 따라 고도를 낮춰 저공비행하는 등고선비행이었다.

적의 대공포를 피해 지형지물을 이용하는 코브라 헬기의 등고선비행은 뱀처럼 일렬 대형으로 20분간 이어졌다.

헬기들은 산과 산 사이를 구렁이 담 넘듯 빠져나가면서 고도를

높였다 낮췄다를 반복하고 몸체를 60도까지 기울이며 비틀기 시작했다.

마치 롤러코스터를 타는 기분이었지만 점심을 먹고 바로 탑승한 필자는 실신 직전까지의 기분을 맛보았다.

군 생활 30여 년 동안 8,800여 시간의 비행시간을 보유하고 있는 유재진 준위는 뒷자리에서 미소를 지으며 이제부터가 진짜 전술비행이라고 했다.

대대 헬기들은 갑자기 'Z'자 모양으로 대형을 바꾸더니 급상승했다.

전술에 따라 8가지 대형을 바꿔가며 비행하던 헬기는 호명산 중턱에 도착하자 다시 급하강하기 시작했다.

　　본부로부터 적의 표적을 부여받고 몸을 숨기는 모습이 마치 전투병이 바위 뒤에 숨어 있는 모습과 흡사했다.

　　코브라 헬기의 별명은 '탱크 잡는 헬기'다. 탑재하고 있는 어마어마한 무기와 재빠른 속도 덕이다. 하늘 위를 신출귀몰하며 나타나 강력한 화기를 내뿜는 코브라 헬기는 그 자체로 적군에게는 악몽과도 같을 것이다.

헬멧의 무전기에서 옆 헬기 조종사의 목소리가 흘러나왔다.

"찰리 1 표적 발견, 미사일 파이어_{발사}" 고개를 돌려보니 옆 헬기는 고도를 높여 산꼭대기에서 적을 겨냥하고 있었다.

이어 "찰리 2, 파이어".

기자가 탑승한 헬기도 급상승해 춘천댐을 바라보며 미사일을 발사하고 급하강했다.

필자의 속은 울렁거리기 시작했다.

오전 내내 내리던 비로 초록물감을 뿌려놓은 듯한 야산도 마냥 얄밉게만 보였다.

비행훈련을 1시간가량 마치고 복귀하는 과정도 만만치 않았다. 유 준위는 공격헬기를 조종하기 위해서는 인근 지역의 지리를 익혀야 한다며 이륙시에 알려줬던 지리를 되물어봤다. 하지만 필자는 아무런 대답을 하지 못했다. 산을 구별하는 것은커녕 방향감각까지 잃어버렸기 때문이다.

코브라 헬기 비행훈련을 마치고 부대에 도착하자 중국 전승절 열병식 속보가 쏟아지기 시작했다. 이날 중국은 27개 부대 500여 개의 무기와 장비를 선보였다. 하지만 부럽지 않았다. 최정예 전력인 코브라 헬기가 전방에서 버티고 있는 한 걱정할 필요가 없을 듯했다.

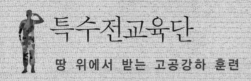

특수전교육단
땅 위에서 받는 고공강하 훈련

　벨기에에는 '천혜의 요새'라고 불리는 에반에밀 요새가 있다. 이 요새는 벨기에를 침입하기 위해서는 반드시 통과해야 하는 지점이기 때문에 방어망이 매우 촘촘하다. 지뢰밭과 철조망은 물론이고, 지하는 벙커와 터널로 완벽하게 이어졌다. 그야말로 난공불락의 요새다.

　하지만 1940년 독일군의 낙하산 부대 '팔슈름예거Fallschirmjäger'는 이 요새를 기습해 벨기에군의 항복을 받아낸다. 벨기에 군의 허를 찌른 이 작전은 현대전에서 가장 성공적인 강습으로 기록된다. 이후 각국에서는 고공강하 침투를 위한 부대를 창설한다.

특전사를 위한 지상훈련

육군 특전사의 주요 임무 중 하나는 고공강하HALO 침투다. 고공
강하는 7.6킬로미터 이상의 상공에서 몸을 던져 공중에서 몸의 균
형을 잡은 후 목표 지점에 정확히 착륙하는 침투 방식이다. 이런
고공강하 침투는 적진 안쪽 깊숙이 침투하여 요인을 암살하거나
후방을 교란하는 데 반드시 필요한 작전이다.

특전사 중에서도 특전사라고 불리는 707특수임무대, 정찰대, 9
여단 일부 인원만 고공강하 임무를 수행한다. 필자 역시 고공강하
의 기초 훈련을 받기 위해 경기도 광주시에 위치한 특수전교육단
을 찾았다.

특수전교육단 입구에 들어서자 특전사 베레모를 쓴 장병들이
눈에 먼저 들어왔다.

장병들의 눈빛은 일반 부대와 달리 위압감을 느끼기에 충분했
다.

장교의 안내를 받아 교육장에 한복판에 들어서자 일명 '코끼리'
가 보였다.

코끼리는 강하훈련용 열기구다.

수송기에 비해 기상 제약이 적을 뿐만 아니라 연평균 26억 원의
유류비를 아낄 수 있어 여러 나라가 사용한다.

코끼리를 타기 위해서는 갖춰야 할 기본 자세와 정신무장이 필
수였다. 기초 단계부터 시작할 수밖에 없었다.

먼저 윈드터널Wind Tunnel을 찾았다.

윈드터널은 실외 모의 고공강하 시뮬레이터로 2층 높이의 원형 구조물이다.

1995년 5억 원을 들여 제작한 것으로 국내에서 유일하다.

윈드터널은 다가갈수록 항공기 엔진에서나 날 법한 굉음을 냈다.

옆 사람의 말도 들리지 않았다. 윈드터널에 올라서자 굉음의 정체가 드러났다.

윈드터널은 지름 15미터의 거대한 원형 철판이었다.

둘레에는 1미터 높이의 쿠션이 둘러싸여 있었다.

윈드터널 한가운데는 빈 공간으로 삼중 철조망이 깔려 있고 밑에서는 거센 바람이 올라왔다.

직경 1.8미터짜리 선박용 프로펠러 3개가 돌아가며 하늘을 향해 바람을 뿜어내고 있었다. 바람의 세기는 시속 200킬로미터로 대형 A급 태풍과 맞먹는다. 이 정도 바람이라면 성인 남성쯤은 어렵지 않게 공중으로 띄울 수 있다.

박정이 고공과장은 "민간인으로서 처음 타게 된 것을 축하한다"며 "바람의 세기에 당황하지 말고 공중에서 자세를 잡는 데 집중하라"고 말했다.

고공복과 고공헬멧, 방풍안경을 착용하자 공포심이 몰려왔다.

교관들이 양손을 잡고 엄청난 바람이 뿜어져 나오는 터널 한가운데로 이끌었다.

바람 한가운데로 진입하는 일은 쉽지 않았다.

몸을 바닥에 뉘었지만 마음처럼 누워지지 않았다.

교관들에게 이끌려 몸을 눕히니 바람 때문에 숨을 쉴 수조차 없었다.

오전 내내 배웠던 아치형 낙하 자세는 이미 까맣게 잊은 지 오래다.

허둥지둥 그 자체였다.

5분 정도 지나 바람에 익숙해지니 대大자로 엎어져 누운 자세를 힘겹게 유지할 수 있었다.

바람에 적응하라

필자의 손을 잡고 있던 고공교관이 통제실에 손가락으로 'O.K'
사인을 알리자 눈 밑의 프로펠러는 더 강한 굉음을 내며 바람을
내뿜었다.

바람의 속도는 시속 250킬로미터였다.

실제 7킬로미터 상공에서 자유낙하를 할 때 느끼는 바람의 속
도다.

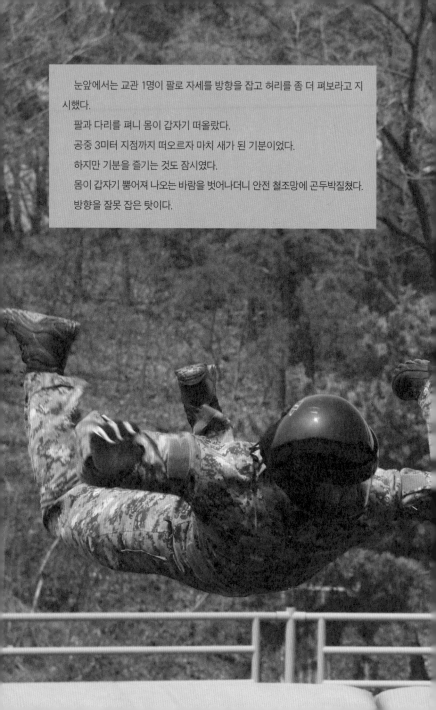

눈앞에서는 교관 1명이 팔로 자세를 방향을 잡고 허리를 좀 더 펴보라고 지시했다.

팔과 다리를 펴니 몸이 갑자기 떠올랐다.

공중 3미터 지점까지 떠오르자 마치 새가 된 기분이었다.

하지만 기분을 즐기는 것도 잠시였다.

몸이 갑자기 뿜어져 나오는 바람을 벗어나더니 안전 철조망에 곤두박질쳤다.

방향을 잘못 잡은 탓이다.

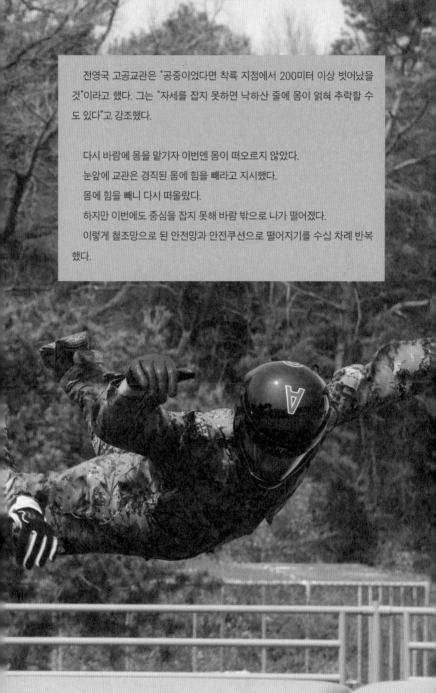

　전영국 고공교관은 "공중이었다면 착륙 지점에서 200미터 이상 벗어났을 것"이라고 했다. 그는 "자세를 잡지 못하면 낙하산 줄에 몸이 얽혀 추락할 수도 있다"고 강조했다.

　다시 바람에 몸을 맡기자 이번엔 몸이 떠오르지 않았다.
　눈앞에 교관은 경직된 몸에 힘을 빼라고 지시했다.
　몸에 힘을 빼니 다시 떠올랐다.
　하지만 이번에도 중심을 잡지 못해 바람 밖으로 나가 떨어졌다.
　이렇게 철조망으로 된 안전망과 안전쿠션으로 떨어지기를 수십 차례 반복했다.

훈련을 시작한 지 30분이 넘어서자 교관이 훈련 종료를 권유했다.

무리하게 타면 바람의 세기 때문에 허리를 다칠 수 있기 때문이었다.

그 말을 듣고 나니 허리에 통증이 몰려왔다.

무릎은 공중에서 떨어져 여기저기 부딪힌 바람에 멍투성이였다.

윈드터널을 내려와 보니 아침에 우습게만 보였던 코끼리가 경이롭게 느껴
졌다.

언젠가는 하늘에서 자유낙하를 해보고 싶다는 생각을 하며 부대 밖을 빠져나왔다.

뒤를 돌아 하늘을 보니 특전사 장병들이 낙하산을 펴고 자유롭게 내려오고 있었다.

힘난한 훈련도 견뎌내는 자랑스러운 특전사 장병들이었다.

특수전교육단 생존훈련

살아남는 자가 강한 자다

　　1945년 7월 26일 필리핀 민도르 섬에 위치한 미군 비행장 타격 임무를 맡은 일본 군인 야마모토. 야마모토가 이끄는 15명의 소대 원은 공격도 해보기 전에 위치가 노출돼 미군의 공격을 받고 산속 으로 후퇴한다. 이들은 곧장 2400고지에 은신처를 구축하고 지원 만을 기다렸다. 보름이 지나고 보급 식량이 바닥을 보이자 마음이 초조해지고 불안감은 커져갔다. 이들에게 가장 필요했던 것은 불 과 소금이었다.

　　소대장 야마모토는 쌍안경을 분해하여 얻은 렌즈를 이용해 불 씨를 만들고, 바나나 생잎에 싸서 허리에 매달고 다녔다. 소금은 아주 소량이지만 원숭이가 섭취하고 있다는 사실을 발견하고 덫을 놓아 간접 섭취했다.

　　또 건포를 만들어 비상식량으로 이용하고 돼지의 쓸개를 건조 하여 복통약. 원숭이 골을 분말로 만들어 두통약 등으로 활용했 다. 결국 이들은 1956년 관광객에 의해 발견돼 〈마닐라신문〉에 이 들의 소식이 전해지면서 생존자 네 명은 본국으로 돌아오게 된다. 이들은 어떻게 아무런 보급 없이 10년 넘게 밀림 속에서 살아남을 수 있었을까?

육군 특수전교육단 임승재 생존교관은 "첨단무기로 중무장한 현대전에서도 물과 식량을 획득하는 생존훈련은 기본적이고 필수적인 훈련"이라고 강조했다.

사계절이 뚜렷한 한반도에서는 타 전쟁터보다 장단점이 뚜렷해 환경을 잘만 이용하면 충분히 전략전술에 활용할 수 있다. 현재 공군 전술공수비행단, 육군 특전사 등에서도 보급이 끊긴 특수대, 추락해 고립된 조종사 등에게 전시 고립 상황을 대비한 교육을 강조하고 있다.

물을 얻는 방법

우리나라의 환경 여건상 우기와 한겨울에는 빗물과 눈을 이용해 손쉽게 수분을 획득할 수 있으나 해안 지역이나 산속에서는 획득 방법이 까다롭다. 개울이나 계곡 같은 경우에도 전시 상황에서는 화학전 등 오염 가능성이 있으므로 정화는 필수 요건이다.

산속에 고립되어 있을 경우에는 우선 식물과 곤충을 이용해 물을 얻을 수 있다. 다래나무의 경우 덩굴 5가닥 이상을 묶은 후 줄기를 끊고, 2시간 정도 기다리면 1리터의 물을 구할 수 있다.

또한 새는 물이 있는 장소를 선회하는 습성이 있으며, 물이 있는 곳에서는 지상에 가깝게 비행한다. 벌이나 파리를 발견한다면 그 또한 근처에 물이 있다는 것을 의미한다. 바닷물은 1리터에 약 30그램의 소금이 함유돼 있어 그대로 마시면 탈수 증상과 신장의 이상을 일으킬 수 있다. 따라서 바닷물과 식수를 1 대 2 비율로 혼합해

마시면 된다.

물을 끓여서 정화할 수 없는 상황이라면 숯을 옷이나 낙하산천에 넣거나 페트병에 자갈, 모래, 숯 순서로 채워 정수할 수 있다. 이런 재료도 없다면 양말도 대체품이 될 수 있다.

은신처 구축

1968년에 침투한 간첩 김신조의 은신처 구축 방법은 지형을 적절히 이용해 아군의 수색 활동을 어렵게 한 사례다. 숙영지는 사람이 접근할 수 없고, 바윗돌이 많은 험한 곳에 마련하는 것이 원칙이다.

참호를 만들려면 숙영지가 쉽게 탄로 나지 않도록 파낸 흙을 멀리 버려야 한다. 은폐물로 쓸 나무는 호를 구축하는 곳에 있는 나무와 동일한 나뭇가지를 꺾어오는데, 이때 한 곳에서 꺾는 것이 아니라 여러 곳에서 조금씩 꺾어 와야 한다. 나뭇가지는 잘린 흔적이 나지 않게 맨 밑동을 칼로 끊고 흙을 바른다.

때로는 오래된 나무뿌리 밑을 파내고 그 안에 숨기도 한다. 간이천막을 소지했을 경우 비가 올 때는 비옷으로, 잠을 잘 때는 습기를 막는 데 이용한다.

동물의 포획과 조리

동물성 음식은 식물에 비해 훨씬 많은 에너지를 낼 수 있다. 특

히 고립된 전시 상황에서는 굶주림을 채우기 위해 쉽게 얻을 수 있
는 작은 동물을 찾아야 한다.

썩은 나무 주변은 딱정벌레, 굼벵이 등 애벌레나 유충을 쉽게 발
견할 수 있으며 개미의 경우 초산을 지니고 있어 시큼한 맛이 나지
만 햇볕에 말려 식용식물과 함께 섭취하면 괜찮다. 또한 딱딱한 껍
질을 가지고 있는 생물은 기생충이 있으므로 반드시 익혀 먹어야
한다.

민물새우, 가재, 개구리, 도마뱀은 쉽게 발견할 수 있으나 개구리
중에서도 몸 색깔이 화려하거나 등 쪽에 X자 모양이 있다면 먹어
선 안 된다. 두꺼비나 뱀은 기생충이나 독을 지니고 있어 익히거나
피하는 것이 좋다.

불 피우기

불을 피우는 방법은 고전적 방법인 마찰법부터 연료 이용법 등 다양하다. 중요한 것은 전시 상황인 만큼 연기와 불꽃을 최소화해야 한다는 것이다.

연기를 최소화하기 위해서는 침엽수 나뭇가지 아래에서는 연기가 곧바로 퍼지지 않는 점을 감안해 피우고, 안개가 끼는 이른 아침에 불을 피우는 것이 효과적이다. 또한 땔감 선정은 진달래, 참나무, 상수리나무 등 손가락 정도 굵기의 마른 나무를 이용하는 것이 바람직하다. 불꽃을 줄이기 위해서는 땅속에 공기 유입구를 만든 후 위장할 수 있다.

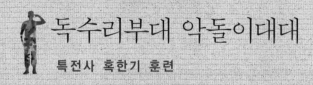

독수리부대 악돌이대대

특전사 혹한기 훈련

1996년 9월 18일 새벽, 북한의 상어급 잠수정 한 척이 강릉 앞바다에 좌초했다. 이를 발견한 택시 운전기사는 곧바로 군에 연락을 취했고, 그날 오전 7시 20분 인근 도로에서 북한군이 사용한 권총과 구명조끼 등이 발견되었다.

잠수정을 통해 강릉으로 잠입한 북한군은 모두 25명으로 밝혀졌다. 그중 1명은 주민 신고로 경찰과 격투 끝에 붙잡혔고, 민간인 복장을 한 11명은 인근 산에서 사체로 발견되었다. 무장간첩은 스스로 권총 자살한 것으로 판명되었다.

강릉 잠수함 침투 간첩 소탕 작전

달아난 간첩 14명을 소탕하기 위해 육군 28개 부대, 해군 1개 함대, 공군 1개 전투비행단, 수십만의 예비군, 경찰 병력이 참여했다. 하루 평균 4만 2,000명이 작전에 투입되었고, 연인원으로 따지면 150만 명이 전투 인원으로 참여한 대대적인 작전이었다. 강원도는 산세가 험하고 적의 도주로를 짐작하기가 어려웠기 때문에 투입된 병력의 수는 많을 수밖에 없었다.

이후 9월 19일부터 인근에서 간첩과 교전을 벌여 19일 당일에는 7명을 사살하였다. 이후 전군이 벌인 작전으로 도주한 간첩 13명을 사살하였다.

간첩 소탕 작전에서 우리 군의 손실도 컸다. 군인 12명, 예비군 1명, 경찰 1명, 민간인 4명이 사망했고, 부상자도 27명에 달할 정도였다. 무장간첩 때문에 인근 지역의 관광 산업도 크게 영향을 받아

대략 2,000억 원의 지역경제 손실을 입은 것으로 분석된다.

이때 침투한 무장공비는 북한인민무력부 정찰국 직속 정찰조 3명과 해상처 승조원, 안내조로 총 25명이었다. 강릉 앞바다에 침투한 지 두 달 뒤인 11월 5일에 마지막 2명이 사살됨으로써 사태는 마무리되었다.

땅에서 솟아나는 전사들

강릉 잠수함 침투 사건 때 특전사 요원들은 무장공비 8명을 사살하는 전과를 올렸다. 북한의 국지 도발에는 특전사 등 특수부대가 적격이라는 사실을 입증한 셈이다.

특전사의 실력은 해외서도 인정받는다. 아랍에미리트연합UAE도 특전사에 반해 한국의 원자력발전소를 수입했다.

특전사는 앞으로 UAE 군대가 경비하는 알아인 지역의 특수전 학교 영내에 머물며 UAE 특수전 부대에 대한 교육훈련을 지원하고 각종 연합 훈련에 참여할 예정이다.

'안 되면 되게 하라'라는 특전사의 강인함을 엿보기 위해 독수리부대 예하 악돌이대대 훈련 현장을 찾았다.

경기도 양평군 각시산에 도착한 시간은 오후 3시였지만 그곳에는 아무도 없었다. 의아한 나머지 "특전사 장병들은 어디 있냐"고 물었다. 부대 관계자는 의미심장한 미소를 지으며 이곳이 특전사 훈련 장소가 맞다고 답했다. 아무리 둘러봐도 훈련 중인 장병의 모습은 보이지 않았다. 그는 특전사 장병들이 지금도 이곳에 있으며 "1시간 후면 모두 나타날 것"이라고 말했다.

산골짜기를 따라 바람이 거세지고 산 아래 그늘이 점점 더 넓어진 오후 5시 정도가 되자 특전사 장병들이 나타나기 시작했다. 장병들은 외부의 훈련장에서 나타나지 않았다. 신기하게 이들은 땅속에서 솟아났다. 하나둘씩 땅 위 낙엽을 걷어내고 땅속에서 나오기 시작한 것이다. 특전사 장병들은 주간에는 이동을 하지 않고 땅을 파고 1~3명까지 들어갈 수 있는 잠적호를 만들어 그 안에서 감시정찰을 한다. 잠적호 위에는 낙엽을 깔아놓는 등 주변과 똑같은 환경을 만들어 필자가 찾을 수 없었던 것은 당연한 것이었다.

만약에 필자가 적군이었다면 어땠을까? 전혀 인기척을 느끼지 못한 상태에서 모든 행동이 특전사 장병들에게 노출되었을 것이다. 순간 등골이 오싹해졌다. 이들이 말로만 듣던 대한민국 특전사라는 것을 실감했다.

이날 특전사 장병들은 8박 9일의 훈련 중 7일차였다. 이날은 적진 한 가운데 투입해 가상의 목표물을 파괴하는 임무를 훈련하고 있었다. 적진에 침투하기 위해서는 전방경계조, 본대, 후방경계조로 구성되며 한 조당 3~4명이 배치된다. 어둠이 짙게 깔리자 가로, 세로 각각 3미터 크기의 잠적호 안에서 장병들이 나와 위성 안테나를 펴기 시작했다. 통신을 통해 장병들은 현재의 위치, 첩보 보고는 물론 지휘본부에 보급품도 요청했다.

영하 30도의 날씨를 뚫다

통신을 마친 장병들은 잠적호를 정리하고 40킬로그램 군장을 메고 이동하기 시작했다.

특전사가 이동할 수 있는 길은 오직 인적이 없는 길이다.

필자도 군장을 메고 '할 수 있다'는 자신감을 안고 출발했지만 눈이 쌓인 산을 무턱대고 오르는 것이 내심 걱정됐다.

걱정은 곧 현실이 됐다.

산턱에서 눈을 밝고 넘어지기를 몇 번이나 반복하자 장병들은 소리를 내지 말라며 눈치를 줬다.

정민교 중사특부후 145기는 말했다. "적진 한가운데 있다고 가정한 훈련에서는 담배꽁초 하나에 모든 장병들의 동선이 발각될 수도 있다. 움직임 하나하나까지도 신경 써야 한다."

30분밖에 이동하지 않았지만 벌써부터 이마에 땀이 흐르기 시작하고 입김이 맺힌 안면 마스크는 딱딱하게 얼기 시작했다.

이날 기온은 영하 19도였다.

체감온도는 영하 30도까지 떨어진 상태다.

어둠 사이로 보이지 않는 나뭇가지들이 얼굴을 때리는 것은 물론 숨이 턱밑까지 차올라 좀처럼 속도를 내지 못했다.

대원들은 침투해야 할 목표 시간까지 얼마 남지 않았다며 발걸음을 재촉했다.

출발 세 시간이 지난 밤 12시가 다가오자 무거운 군장에 어깨와 무릎은 끊어질 듯 아파왔다.

중대장은 배낭을 풀어 나눠 짊어지자고 했다.

하지만 중대원들의 목표시간 도달에 지장을 줄 것 같아 결국 필자는 행군을 포기하고 산을 내려왔다.

　이튿날 새벽 5시. 가상의 목표물인 컨테이너 박스에서 1킬로미터 떨어진 잠적호에 대기 중인 필자에게 장병 3명이 웃음을 보이며 다가왔다.

　밤새 인적 없는 산속을 뚫고 온 것이다. 이들은 가상의 목표물에 조심스럽게 다가가 폭발물을 설치하고 임무를 완수했다.

　중대장 이성주 대위는 말했다. "이번 훈련이 8년 군 생활 중에 가장 추운 날씨 속에 진행된 훈련이었다. 지난해 천안함, 연평도 등 큰 사건을 겪은 후 장병들의 훈련 각오는 그 어느 때보다 강하다."

최악의 상황을 가정한 훈련

임무를 성공적으로 완수한 장병들은 위성통신을 통해 보급품을 받기로 한 장소로 이동했다.

골짜기 한가운데 8명의 대원이 투입되고 가상의 항공기에 투하 장소를 알리기 위해 4명의 장병들이 자신의 키만 한 표지 식별인 빨간색 천을 폈다.

대공포판이라 불리는 빨간색 천은 항공기에서 잘 보이게 하기 위해 천의 아랫부분을 다리에 고정하고 위쪽은 양손으로 위로 추켜올린다.

또 허리를 굽혀 천이 하늘을 보게 했다.

5분 정도 자세를 유지하자 밤새 찬 바닥에 누워서 그런지 뼈 마디마디가 아파왔다.

이날은 훈련인 관계로 수송기 보급이 아닌 차량 보급으로 진행됐다.

보급품이 도착하자 장병들은 재빨리 낙하산을 접고 보급품을 나르기 시작했다.

낙하산은 접어 땅속에 묻어 흔적을 없앴다.

발자국은 물론 낙하산이 떨어진 곳까지 눈으로 덮어 흔적을 없앴다.

특전사는 적진에서 보급품이 끊어질 경우를 대비해 주변의 계절별 열매나 곤충, 동물을 섭취하는 훈련도 받는다고 한다.

주임원사 김정석 원사는 말했다.

"동계훈련은 특전사에게 가장 힘든 훈련에 속한다. 강인한 체력과 정신력은 물론 훈련 준비도 필수여서 훈련에 임하기 전에 모든 장비를 직접 챙긴다."

보급품을 받은 장병들과 함께 인근 잠적호로 돌아와 전투식량을 먹었다.
차디찬 바닥에 기대어 누워 먹는 전투식량은 꿀맛은 아니었지만 전우애로
뭉친 소수정예 최강 특전사와 먹는 밥맛은 그 누구와 먹는 밥보다 맛있었다.

북한의 특수부대 수는 2년 전에 비해 2만 명 늘어난 20만 명이다. 수적으
로 열세인 특전사에 우려되는 마음을 갖고 훈련에 참가했지만 든든한 마음을
갖고 산을 내려왔다. 이들이 있어 우리 군은 아직도 살아 있다.

제1공수 특전여단

독하디 독한 행군

6·25 한국전쟁 당시 북한의 기습 남침으로 한반도가 전쟁의 화염 아래 휩싸이게 되자 38도선 접경 지역에서 반공 청년과 학생들이 반공 단체를 조직, 계급도 군번도 없이 자유 수호를 위한 유격전을 감행했다. 이후 이들은 미 8군에 소속되어 활동하며 4,445회의 작전 활동으로 적군 6만 9,000여 명을 사살하는 등 전쟁사에 영예로 기록될 큰 전과를 올렸다.

북한이 전쟁 이후에도 대남 적화 전략을 포기하지 않은 채 도발을 자행하자 육군은 이에 대응한 특수부대의 창설에 착수했다. 1958년 4월 1일 유격군에서 활동하던 인원을 중심으로 제1전투단을 창설했다. 이 전투단이 현재의 제1공수 특전여단이다.

독수리부대의 7박 8일 행군

17:00

충북 괴산군 율리저수지에 도착하자 오전 중에 고공강하훈련을 마치고 투입된 특전사 장병들이 대기하고 있었다.

2,400피트 상공에서 이루어진 훈련인지라 아직도 장병들의 얼굴에는 긴장의 여운이 남아 있는 것 같았다.

장병들은 산악행군을 출발하기 전 25킬로그램 군장과 소총을 메고 출발 대오를 갖췄다.

중대장이 건네준 군장과 전투조끼를 착용하자 몸의 무게중심이 뒤로 쏠리면서 자연스럽게 허리가 굽혀졌다.

군장에는 전투화, 군복은 물론 개인 로프, 전투식량까지 훈련에 필요한 물품이 완비된 상태였다.

이날 행군할 거리는 총 35킬로미터. 불빛 하나 없는 산속을 뚫고 목표 지점까지 도달하는 임무라고 했다.

힘찬 출발을 한 지 1시간쯤 지나자 장병들은 일반 성인 남성보다 빠른 걸음으로 속도를 붙이기 시작했다.

필자는 1시간 반 만에 수통 2개의 물을 비운 상태였다.

염희관 중대장은 "물을 많이 마시면 탈수 상태가 오게 되며 중대원 한 명이 낙오할 경우 작전 수행은 물론 전시상황에는 중대원의 생명까지 위태롭게 만든다"며 물통을 매몰차게 빼앗아갔다.

19:00

그 어느 때보다 기다려진 식사 시간이 다가왔다.

열은 어둠이 깔린 마을 외곽 길에서 식판을 땅바닥에 놓은 채 식사를 해야 했지만 식탐은 어느 때보다 왕성했다.

하지만 과식은 금물이다.

행군할 때 과식을 할 경우 구토 증세 등 부작용을 유발하기 때문이다.

식사를 마치고 군장을 다시 메려 하자 군장의 무게가 전보다 더 무거워진 것 같았다.

이제부터 해발 594미터의 설운산 험한 산길이라는 귀뜸과 함께

의장모를 눌러쓰고 길 없는 나뭇가지 사이를 뚫고 들어가기 시작했다.

어둠은 벌써 지척을 분간하기 어려울 정도로 깔렸고, 녹음이 짙어가는 숲을 헤치고 행군하는 것은 그야말로 눈을 가리고 올라가는 셈이나 다름없었다.

종아리 뒷부분과 허벅지가 당겨오기 시작했고 힘을 줘보지만 산을 타고 올라가는 것이 버겁기만 했다.

21:00

전술훈련 때는 통상적으로 주변 동태를 살피며 전진해야 하기 때문에 10미터를 이동하는 데도 5분 이상이 소요된다.

하지만 이번 훈련은 신속 침투가 목적이기에 숨 쉴 틈조차 없었다.

나뭇가지 사이로 어슴푸레 비치는 달빛은 길의 윤곽을 드러내주었고 앞장선 장병의 뒤꿈치만 보며 산을 올라온 지 2시간이 지났지만 아직도 정상에 도달하기에는 턱없는 거리였다.

산의 비탈조차 만만치 않아 손을 산길에 붙여 네발로 기어 올라가는 모양새였다.

새끼발가락에는 벌써 물집이 잡혀 통증이 몰려왔다.

필자 탓에 중대의 행군 속도가 점점 떨어지자 오장환 대대장은 중대의 속도가 쳐질 경우 중대원들이 더 힘이 든다는 설명과 함께 군장을 내려놓으라고 권유했다.

자존심은 상하지만 군장을 풀고 다시 중대원들과 합류하기로 결정했다.

23:00

설운산 정상에 도착하자 체력 저하로 인해 온몸의 근육이 떨려오기 시작했다.

길이 아닌지라 낙엽을 밟을 때마다 마치 기름이나 윤활유를 밟은 듯 힘이 풀린 몸은 미끄러지기 일쑤였다.

군장이 없음에도 불구하고 몸의 균형조차 잡기 힘든 상태였다.

24:00

새벽 찬 기운이 섞인 이슬이 이마의 땀과 함께 뒤범벅되었다.

마을 입구에 들어서자 안전통제관들이 음료수를 1병씩 나눠주었고 중대별로 공터에 앉아 위치 확인을 하고 개인장비 점검을 서둘렀다.

필자로 인해 뒤쳐진 중대는 별도 휴식시간 없이 전진하기로 했다.

다리 통증으로 인해 중대장이 원망스럽기도 했지만 나 때문에 중대가 피해를 입었다는 생각에 묵묵히 걸을 수밖에 없었다.

어둠 속 도로를 걸을 때는 잠깐잠깐 정신이 몽롱해지기까지 했다.

01:35

괴산군 달천 물줄기를 따라 행군하다 5분의 짧은 휴식을 가졌다.

군장을 등받이 삼아 쳐다본 밤하늘의 별들은 금방이라도 쏟아져 내릴 것만 같았다.

야심한 새벽, 피로감은 극에 달하고 몸은 지치기 시작했지만 목표 지점이 얼마 남지 않았다는 독려를 위안 삼아 휴식을 끝내고 또 다시 길에 올랐다.

30여 분을 걷자 산악훈련장에 도착했다.

장병들의 희열감과 함께 엷은 미소는 쌓였던 피로감과 발바닥의 물집조차 금세 잊게 만들었다.

03:30

　막사에서 잠을 청할 줄 알았던 기대감은 사라지고 야외에 A형 텐트를 치기 시작했다.

　희미한 가로등 아래서 3명이 들어가 잠을 청할 텐트를 설치하는 데 걸린 시간은 불과 20분이었다.

　금세 만들어진 보금자리는 비좁고 바람이 솔솔 들어왔지만 장병들은 산악행군으로 지친 심신의 피로를 풀 생각에 흐뭇해했다.

　혹한기 훈련 때는 보통 눈 쌓인 땅을 파고 그 안에서 잠을 청하는데, 그것에 비하면 별 5개 호텔과 같다는 것이 장병들의 설명이다.

　또 잠들기 전 새벽 찬바람을 맞으며 찬물에 샤워를 하면 오히려 물이 시원하고 상쾌하다고 설명했다.

얼마나 잠을 잤을까? 기상나팔 소리와 함께 장병들이 텐트에서 하나둘씩 나오기 시작했다.

모두들 지친 모습이었지만 물집으로 인해 절룩거리는 장병 하나 없다는 것이 마냥 놀랍기만 했다.

독수리부대의 산악침투훈련

08:00

일부 중대원들이 산에 올라가 AMP-950K 통신장비를 이용해 여단 지휘소에 음호 전달을 시작했다. 통신을 위해 산중턱까지 올라간 중대원들은 주파수 여부를 확인한 후 작전의 실패 성공 여부를 암호를 이용해 본대에 음호로 전달했다.

전시 상황에서는 한 곳에 오래 머무르지 않으며 특히 통신장비를 이용할 때는 한 곳에서 장문을 보내는 것이 아니라 여러 장소를 이동해가며 단문을 전파한다.

13:00

산악 장비 조작, 암벽타기 기술훈련을 위해 이동한 장소는 도명산 화양계곡이다. 아직도 풀리지 않은 뻐근한 다리를 이끌고 1시간 30분 만에 도착한 산꼭대기에는 50미터 높이의 아찔한 암벽이 있었다. 암벽 훈련을 위해 조교들은 재빨리 암벽 정상에 올라 코스별 로프를 설치했고 장병들은 완전군장과 철모를 조이며 차례를 기다렸다.

높이, 폭, 경사에 따라 총 여섯 코스로 나뉜 암벽훈련장에서는 슬래브 등반, 일반 레펠, 등강기 등반, 전면 하강 등을 훈련하게 되며 신속 정확한 훈련의 성과가 있기까지 반복 훈련이 지속됐다.

특히 장병들이 군장과 소총을 정위치한 채 50미터 아래로 직면 하강할 때는 마치 벽에 붙어 다니는 날쎈 표범과도 같았다.

14:00

장병들의 순서가 끝나고 필자의 차례가 돌아왔다.

몸에는 삼중으로 설치된 안전로프가 있었음에도 로프에서 손을 뗄 수가 없었다.

조교가 호통을 치기 시작했다.

겁을 먹어 로프를 계속 잡고 있다간 손이 암벽에 긁혀 찰과상을 입을 뿐 아니라 로프와 암벽 사이에 손가락이 끼는 경우가 생기면 더 큰 부상이 우려되기 때문이다.

암벽 정상 아래 10미터 지점에서 로프에 손을 놓고 바위에 온몸을 붙여 암벽 등반을 시도했다.

군장의 무게 때문인지 그 상태로 몸을 유지하기도 힘들었다.

손가락을 바위 틈새에 넣고 쥐고 발 앞부분을 이용해 조금씩 전진해보려 했지만 좀처럼 쉽지 않았다.

결국 2미터 높이를 올라가다 조교의 손에 이끌려 꼭대기까지 올라왔다.

15:00

부대에 돌아오자 일부 병사들이 자루에 모래를 채우며 저울에 무게를 맞추고 있었다. 날이 흐려 텐트 주변 빗물을 막으려 정비하는 줄 알았지만 이튿날 아침 군장에 30킬로그램짜리 모래주머니를 넣고 다시 더욱 난이도 높은 산악훈련을 위해 준비하는 것이라고 했다.

정들었던 중대원들을 뒤로 한 채 땀으로 뒤범벅된 전투복을 벗었다. 중대원들과 그새 정이 들었는지 24시간을 함께 보내고도 떠나기가 마냥 아쉬웠다.

"안 되면 되게 하라, 귀신같이 접근하여 번개같이 적을 쳐라"라는 특전부대의 신조에서 볼 수 있듯 이미 인간 체력 한계를 뛰어넘은 전천후 인간 병기!, 대한민국에서 가장 믿음직스런 전사들이었다.

육군훈련소 29연대 취사반

육군훈련소 취사병의 밥전쟁

영화 〈웰컴투 동막골〉에서 동막골의 촌장에게 인민군 소좌 리수화(정재영 분)는 큰 소리 한 번 내지 않고 부락민을 통솔하는 비법이 무어냐고 묻는다. 촌장은 아무렇지 않은 표정으로 "뭘 많이 먹여야지"라고 답한다. 대단한 깨달음이 있는 대답을 기대했던 리수화나 관객은 이 대목에서 웃음을 터뜨렸지만, 사실 사람에게 먹는 것보다 더 중요한 게 무엇이겠는가.

가장 치열한 배식 전쟁

"승리를 원하거든 병사들의 배부터 채워라."

전쟁에 있어서 식량의 중요성을 강조한 명언이다.

"전투에 패배한 장수는 용서해도 배식에 실패한 장수는 용서할 수 없다"

우스갯소리이긴 하지만 사실 군대에서 가장 중요한 것은 식량이다. 굶주린 병사는 훈련을 할 수도 없고, 전투를 치를 수도 없다. 오히려 군대와 지휘관에 대한 불만이 가득 쌓여 적으로 돌변할 수 있다.

흔히 군대의 밥을 "짬밥"이라고 한다. 짬밥은 맛없는 밥의 대명사이고, 군대에 대한 안 좋은 추억의 대명사다. 하지만 군대체험 방송에서 보이는 군대 식당은 깨끗하기도 하고, 맛도 좋아 보인다. 정말로 군대 밥의 맛이 좋아진 걸까? 이 단순하고도 원초적인 궁

금증을 풀기 위해 필자는 취사병이 되어보기로 했다. 장소는 충남 논산시 육군 회관.

7개 연대로 구성된 육군훈련소는 단일 부대로는 전군에서 가장 크다. '논산훈련소'라 불리는 이곳에서 훈련받는 훈련병만 하루 평균 1만 2,000여 명으로 육군 장병 40퍼센트가 이곳 출신이다.

훈련병들이 하루 먹는 양을 따져보면 쌀 300가마1가마당 40킬로그램이다,· 돼지고기 568킬로그램, 닭고기 700킬로그램, 계란 303판, 김치 3,250킬로그램 등이다. 이 음식들을 모두 180여 명의 취사병들이 만들어낸다.

육군훈련소 훈련병들이 하루 섭취하는 영양소는 3,265킬로칼로리다. 일반인2,600킬로칼로리에 비해선 물론이고 일반 장병3,100킬로칼로리보다 많다. 먹어도 먹어도 배고픈 훈련병 시절을 떠올려보면 섭취 열량을 이렇게 늘려놓은 것도 이해가 간다.

새벽을 깨우는 '밥 짓는 소리'

취사반의 일과는 새벽 3시에 시작한다. 불침번을 제외하고 모두가 깊은 잠에 빠져 있는 시간 취사병들은 하루를 시작한다. 학창 시절 도시락을 챙겨주던 어머님도 이런 마음이었을까? 필자는 서둘러 취사병 복장으로 갈아입었다. 이어서 찾은 육군훈련소 29연대 취사장에선 이미 새벽조인 취사병 4명이 바삐 움직이고 있었다.

취사병의 임무는 명확하다. 밥이 부족해서도 안 되며 배식이 늦어서도 안 된다. 이 때문에 취사병은 하루 3번 실전을 치른다. 필자가 도착한 시간에 이미 새벽조 취사병들은 쌀을 모두 씻은 후였다.

25인분 밥을 지을 수 있는 밥솥이 서랍처럼 4층으로 쌓여 있었다. 끼니마다 밥솥 100개가 쌀로 가득 찬다. 2,500인분인 셈이다

반찬을 만드는 조리용 솥은 크기부터 보는 이를 압도했다. 지름

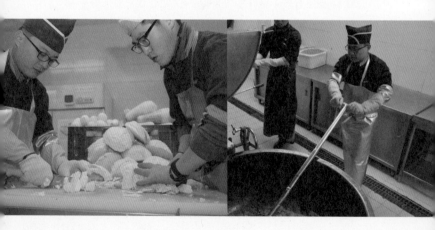

1.5미터짜리 솥에선 50킬로그램이 넘는 고기를 넣고 요리가 한창이었다. 고기를 조리할 때는 스테인리스로 만들어진 깨끗하고 튼튼한 조리 전용 삽을 이용한다.

필자가 방문한 날의 주 반찬은 불고기였다. 취사병은 양념을 챙겨야 한다며 삽처럼 생긴 주걱을 넘기기에 바빴다. 이곳 조리 도구는 음식양이 많은 만큼 모두 대형이다. 취사용 삽을 들어보니, 그 무게도 만만치 않다. 15분가량 삽질을 하고 있자니 음식열기와 섞여 이마에 구슬땀이 흘렀다. 모자를 벗고 땀을 닦으려 하자 취사병은 위생상 모자를 벗지 말라며 주의를 줬다.

사회의 어느 식당에 견주어도 뒤지지 않을 만큼, 오히려 사회의 식당보다 훨씬 더 철저하게 위생 원칙을 지키고 있었다. 음식 질병이 전투력과 직결되고, 그것은 곧 국방력과 직결된다는 의미이다. 결국 '국방력'은 '밥심'에서 나오는 거니까.

된장찌개에 들어갈 야채는 소쿠리 단위로, 된장은 20킬로그램

한 통을 국솥에 쏟아 부어 넣는다. 솥 하나엔 500인분의 찌개가 들어간다. 양배추와 양파를 썬 지 20분가량 지나자 손목이 끊어질 듯아파오고 손가락은 꽁꽁 얼어갔다. 우습게 봤던 칼질도 결국 양파냄새에 흐르는 눈물을 핑계로 도망치듯 나왔다.

취사병 옆에는 민간인 조리원이 항상 대기한다. 취사병도 각종조리사자격증을 보유하고는 있지만 대형 솥에 양념을 할 때는 어머니 손맛만 한 것이 없기 때문이다. 오인옥52세 조리원은 말했다.

"계량기가 있지만 요령이 필요하다. 땀을 많이 흘리는 여름에는음식을 약간 짜게 하는 등의 노하우가 있어야 한다."

육군훈련소 음식에 대한 오해와는 달리 실제 훈련소에는 저질재료나 미국산 쇠고기가 없다. 일부 채소류는 인근 주민과 계약을체결해 현지에서 직접 구입하기 때문에 가장 믿을 만하다. 또 매주네 번씩 수산물 등 180여 개의 음식 재료를 배송해 신선도를 유지한다. 이 재료로 지난해에는 명태살, 계란찜 등 10여 개의 신메뉴를 개발하기도 했다.

이선정 영양관리원은 "사회생활을 하다 입대한 훈련병들은 처음 사흘 동안 입맛이 없기 마련이다. 입대 초기에는 장병들이 선호하는 닭튀김, 오리불고기, 치킨너겟 등 선호 식품을 위주로 식단을꾸린다"고 말한다.

모든 음식 준비가 끝난 시간은 새벽 6시. 5톤 트럭 가득 아침식사를 싣고 10킬로미터 떨어진 각개 전투장으로 이동했다. 전투장에서는 야외 텐트에서 잠을 자고 일어난 훈련병들이 아침 점호를받고 있었다. 이들이 모인 야외강당으로 식사를 옮겨놓고 훈련병들에게 배식을 시작했다. 훈련병들은 식판에 가득 담은 하얀 쌀밥

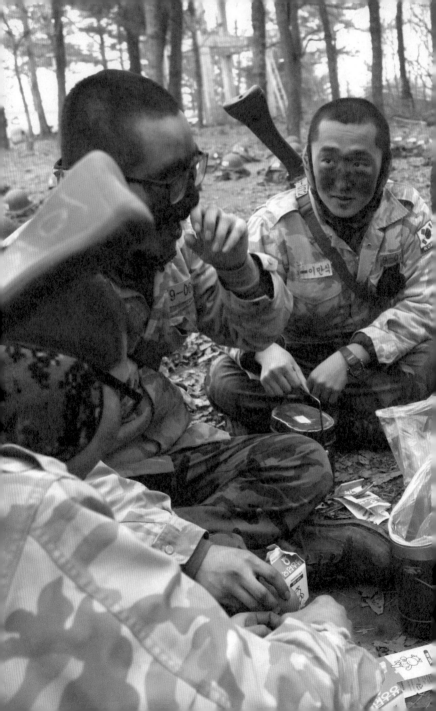

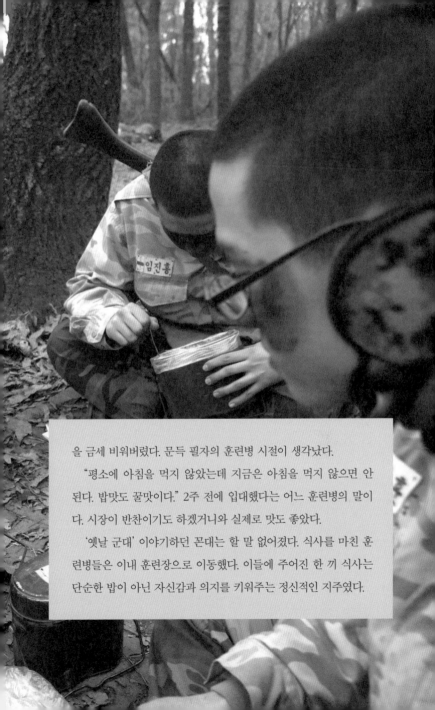

을 금세 비워버렸다. 문득 필자의 훈련병 시절이 생각났다.

"평소에 아침을 먹지 않았는데 지금은 아침을 먹지 않으면 안
된다. 밥맛도 꿀맛이다." 2주 전에 입대했다는 어느 훈련병의 말이
다. 시장이 반찬이기도 하겠거니와 실제로 맛도 좋았다.

'옛날 군대' 이야기하던 꼰대는 할 말 없어졌다. 식사를 마친 훈
련병들은 이내 훈련장으로 이동했다. 이들에 주어진 한 끼 식사는
단순한 밥이 아닌 자신감과 의지를 키워주는 정신적인 지주였다.

3부

해군

Republic of Korea Navy

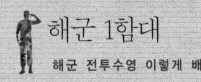

해군 1함대

해군 전투수영 이렇게 배운다

　　수영은 팔다리를 움직여 물속을 헤엄치는 일이다. 육상에서의 이동과 달리 수중 혹은 수상에서의 이동인 수영은 특별한 훈련을 필요로 한다. 인간은 누구나 물에 뜰 수 있지만 물에 빠지면 당황한 나머지 몸을 허우적거린다. 그럴수록 물에 뜨기는 더 어려워진다.

　　수영은 체력과 무관하다. 아무리 체격이 좋고 체력이 좋아도 수영하는 방법을 모르면 속수무책 가라앉을 수밖에 없다. 이렇게 물에 뜰 줄 모르거나 물에서 헤엄칠 줄 모르는 사람을 흔히 '맥주병'이라고 놀리곤 한다.

전투수영보다 가혹한 감투수영

해군에게 가장 중요한 훈련 가운데 하나가 감투수영이다. 감투敢
鬪란 말 그대로 '과감히 싸운다'는 뜻이다. 즉 살아남기 위해 수영하
는 것이 아니라 싸워서 이기기 위해 하는 전투형 부대의 생존 수영
을 감투수영이라고 하는 것이다. 해군 동해 1함대의 생존수영 현장
을 체험하기 위해 동해시 노봉전투수영장을 찾았다.

수영장을 찾은 시간은 오전 9시가 조금 넘었지만 30도를 훌쩍
넘기는 뜨거운 햇볕과 바다에서 불어오는 끈적거리는 바람이 온몸
을 불쾌하게 만들었다.

이날 훈련장에는 참수리호에 탑승하는 139편대 장병 60여 명이
대기 중이었다. 감투수영은 물론 수영 실력 테스트를 위한 등급 시험
을 보는 날이기 때문에 장병들의 얼굴에는 긴장한 표정이 역력했다.

장병들 앞에 나선 교관은 종이 한 장을 나누어주면서 자신의 수
영 실력을 특급과 1~5급으로 나눠 적으라고 했다. 수영을 하지 못
하는 필자는 수영이 불가능한 등급인 '5등급'에 표시했다. 특급은
속영, 평영, 배영, 잠영, 횡영, 입영 등 6가지 수영이 가능하고 인명구
조까지 할 수 있는 등급을 말한다. 해군 장병의 5퍼센트가 특급에
속한다는 것이 해군 관계자의 귀띔이다.

속영은 무조건 속도를 빨리 내는 수영법을 말한다. 대부분 자유
영이 많을 테지만 바다에서는 수영장과 조건이 다르기 때문에 호
흡이나 파도를 타는 법 등도 익혀야 한다. 횡영은 '모잽이혜엄'이라
고도 한다. 모로 누운 자세로 하는 수영이다. 횡영을 할 줄 알면 인
명을 구조하는 데 용이하다. 한 팔로 익수자를 안고 한 팔로 수영할

수 있기 때문이다. 입영은 물에 수직으로 떠 있는 상태를 말한다. 물에서 작전을 수행할 때 반드시 필요한 영법이다.

5등급에 이름을 적어 넣으며 주눅이 든 필자에게 옆에서 지켜보던 황민수 교관상사·부사관121기는 "창피해 하지 말라. 이번 훈련의 목적은 대원 간 협동심"이라고 말했다.

하지만 안심한 것도 잠시뿐이다.

뜨겁게 달아오르는 해변에서 시작된 준비 운동 10분 만에 온몸이 녹초가 됐다.

유격훈련 뺨치는 강도였다.

  마지막 구호를 붙이지 말라는 구령에도 필자는 큰 목소리로 대
답하고 말았다.

  교관의 호통이 이어졌다.

  자신의 생명을 살리는 훈련이기 때문에 긴장감을 늦추지 말라는
뜻이었다.

  필자 때문에 체조를 반복하게 되었지만 장병들 누구도 원망의
눈초리를 보내지 않았다.

  누구나 실수를 할 수 있고, 그것 때문에 협동심이 무너지는 것이
가장 큰 위험임을 알고 있기 때문이다.

이어지는 구보는 1.2킬로미터에 불과했지만 발목까지 들어가는 백사장 구보는 마치 3킬로미터를 넘게 달린 듯 힘에 붙였다.

또 익숙하지 않은 KAPOK 재킷은 답답하고 몸 안으로 들어온 모래 때문에 따가워 견디기 힘들었다.

그동안 쌓인 뱃살이 마냥 원망스러웠다.

함께 구보를 하던 이광희 이병은 육군 전차부대 부사관을 지원할 수 있는 전남과학대 특수장비과를 졸업하고 해군에 지원했다. "힘들지 않냐"는 질문에 이 이병은 오히려 반문했다.

"참수리호를 타고 야간경비를 나갈 때 진정한 해군의 멋을 느낄 수 있다. 이런 훈련을 견뎌내야 진정한 군인 아니겠냐."

물은 누구에게나 공평하다

입수를 위해 장병들과 어깨동무를 하고 바닷물에 몸을 담갔다. 순간 온몸이 움츠러들었다.

이날 수온은 18도.

땀으로 범벅된 몸을 담그자 온몸이 경직됐다.

교관은 "갑자기 추워진 물에 들어가면 온몸에 힘이 들어가 쥐가 나기 때문에 심장과 먼 곳부터 물을 묻히라"고 경고했다.

목까지 차오르는 깊이에 들어가자 등급별로 수영을 시작했다.

자유자재 수영을 하는 특급, 1급, 2급 장병들과 달리 필자의 몸은 물 안으로 점점 빨려 들어갔다.

코와 입, 귀에까지 바닷물이 들어가자 당황한 나머지 구명조끼

를 입고도 허우적거렸다.

결국 해난구조대 잠수요원이 목덜미를 잡고 구해주었다.

점심시간이 되자 수박으로 만든 화채가 나왔다. 더운 날 땀을 많이 흘렸을 장병들을 위한 특별 간식이다. 최근 장마 때문에 당도가 많이 떨어졌다고는 하지만 장병들에겐 꿀맛이었다.

이어진 훈련은 배에서 탈출하는 이함훈련이다. 배 높이와 비슷한 수면 5미터 높이의 다이빙대에 올라섰다. 아래를 내려다보았다. 수영장 바닥까지는 4.5미터였다. 바닥까지 보이는 탓에 발이 쉽게 떨어지지 않았다.

　신은수 중사는 말했다. "1년에 1번 하는 감투수영은 열두 번째 하고 있지만 천안함 이후 훈련에 임하는 자세가 달라졌다. 실전 같은 임무수행을 위해서는 훈련 하나하나가 중요하다."

　하루 일정 훈련을 마치자 새까맣게 탄 장병들이 환하게 웃고 있었다. "고생했다"는 말을 건네자 한 장병은 "괜찮습니다. 우린 해군입니다"라고 답변했다. 실전과 같은 전투형 부대. 이들이 진정한 전투형 부대일 것이다.

해군작전사령부
해난구조대

심해 최강 전사

　　인류사에 직업적으로 잠수를 하는 사람이 등장한 것은 대략 5,000년 전부터일 것으로 추정하고 있다. 헤로도토스의 기록에 따르면 기원전 5세기 페르시아의 크세르크세스Xerxes(기원전 485~기원전 465 재위) 왕은 침몰선의 보물을 인양하기 위해 시실러스Scyllis라는 잠수사를 고용했다. 알렉산더 대왕은 용맹스러운 잠수사들을 육성해 적 함정의 닻줄을 끊어 조류에 표류하게 하거나 밑창에 구멍을 내어 침몰시켜 항구에 접근하지 못하도록 했다.

　　영화 〈그랑블루〉의 주인공인 자크 마욜은 이탈리아의 실존 인물로 수심 105미터까지 도달한 기록을 갖고 있다. 현재의 최고 기록은 1996년 쿠바 태생 피핀이 세운 130미터로 알려졌으며, 당시 소요 시간은 2분 18초였다. 정상인의 폐활량은 3~4리터인데 그의 폐활량은 8.2리터나 된다.

비밀의 해양 특수부대

1950년 부산에서 해상공작대로 창설된 해난구조대Ship Salvage Unit(SSU)는 15년 전만 해도 일반인에게는 알려지지 않은 특수부대였다. 1993년 서해 위도 근해에서 훼리호가 침몰했을 때 SSU 대원들이 투입돼 292구의 시신과 선체를 모두 건져 올리며 세상에 이름이 알려지기 시작했다. 이후 충주호 유람선 화재사건1994년, 북한 반잠수정 인양1998년, 제2연평해전의 고속정 인양2002년 등 대형조난 사건사고와 군사작전 현장에서 SSU는 명성을 떨쳤다.

특히 1997년 12월 남해로 침투하다 격침된 북한 반잠수정을 수심 150미터 깊이에서 건져 올려 기네스북에 오르기도 했다.

어둠이 깊게 깔린 심해에서 작전을 수행하는 SSU 대원들은 해마다 평균 6 대 1의 경쟁률을 뚫고 입교하지만 기초훈련 과정에서 40퍼센트가 탈락한다. 수치를 보면 알 수 있듯이 이들의 교육 과정은 인간의 한계를 초월한다. 교육은 병, 장교, 부사관 계급별로 초급, 중급, 고급 과정으로 나눠 이뤄진다. 장교는 33주간 지옥훈련을 받는다. 초급 교육은 장교와 하사관이 함께 받고, 병은 따로 훈련한다. 중등, 고등, 특수 과정은 장교와 하사관만 받을 수 있다.

수심 50미터 이상 잠수할 수 있는 교육을 받는 중등 과정까지는 천해잠수사라고 부른다. 고등 과정 이상의 교육을 받고 수심 100미터 이상 잠수 가능한 이들을 심해잠수사라고 부르며, 100미터 이상 잠수하는 것을 포화잠수라 부른다. 포화잠수 교육을 받는 특수 과

정까지 마치려면 보통 10년 정도 걸린다. 잠수는 기법에 따라 수심 40미터까지 내려갈 수 있는 공기잠수, 58미터까지 내려가는 표면 공급공기잠수, 58미터 이상 내려갈 수 있는 표면공급혼합기체잠수, 300미터까지 내려가는 포화잠수로 나뉜다.

목숨을 건 잠수

일반인들이 보통 숨을 참고 잠수하는 스킨다이빙은 훈련을 받으면 5미터까지 가능하며 통상 1분 정도 물속에서 머물 수 있다. 해녀의 경우 최대 20미터까지 잠수해 2~3분 정도 숨을 참을 수 있다고 한다. 스쿠버 장비를 이용하는 잠수 한계수심은 40미터로 잡는다.

해저 100미터보다 더 깊이 내려가는 포화잠수는 미국의 조지 본드 대령이 1966년 처음 개발했다. 포화잠수를 위해서는 산소와 헬륨을 혼합한 혼합기체 공급 장치와 수면으로 상승할 때 압력을 서서히 줄여주는 감압 장치가 반드시 필요하다. 혼합기체를 이용하는 것은 질소 마취 현상을 극복하기 위한 것이다. 그러나 헬륨을 마시면 목소리가 높아지고 날카롭게 되는 일명 '도널드 덕 현상'이 일어나 교신도 쉽지 않은 편이다.

감압 장치가 필요한 것은 고압력 상태에 있다가 갑자기 저압력 상태로 나올 때 생기는 공기색전증, 관절통, 근육통, 운동지각장애 등 잠수병을 막기 위한 것이다. 공기색전증은 잠수 도중 급상승할 경우 폐 안에 있던 공기가 혈관을 타고 이동하다 혈관을 막는 현상으로, 현기증과 마비, 의식불명 등의 증상을 낳는다. 쉽게 말해 술

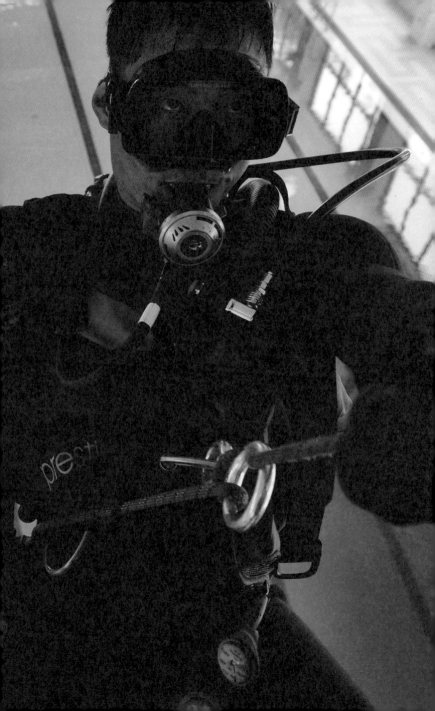

에 취한 것처럼 정신이 혼미해져 이성적인 판단을 잃을 수도 있다는 뜻이다.

때문에 포화잠수를 하는 잠수사들은 잠수를 하기 전에 밀폐된 방 같은 챔버에 들어가 1분당 수심 1미터의 하강 속도를 정한 뒤 가압해 잠수 목표 수심과 같은 압력을 받는다. 이 과정을 거쳐 바다에 들어간 뒤 임수를 수행하고 작전 완료 후 분당 수심 1미터 속도로 해상으로 올라오게 된다.

올라온 후에도 일상생활에 복귀하기까지 일정 기간 챔버 속에서 생활을 해야 한다. 고온다습한 챔버 속 생활은 힘들다. 물론, 식욕도 없어지고 밥알을 씹으면 고무를 씹는 듯한 느낌을 받는다. 이러한 이유에서 잠수사들은 강인한 체력과 정신력이 없다면 버티기 힘들다.

심해 최강전사 SSU의 잠수 비법

폭염주의보가 발령된 한여름, 경남 진해 해군작전사령부 안에 위치한 해난구조대를 찾았다. 부대 입구에는 수중 장비로 무장한 동상이 버티고 있어 해난구조대의 위용을 나타냈다. 교육훈련대 유호휘 교무과장은 "지옥훈련에 참여한 걸 축하한다"며 수중전투훈련장으로 안내했다.

수심 7미터 깊이를 갖추고 있는 훈련장은 일반 수영장과 별반 다름없어 보였다. 그러나 한쪽 구석에 놓인 스쿠버 장비들과 군기가 가득 찬 훈련생들의 쩌렁쩌렁한 목소리는 이곳이 훈련장임을 생생하게 말해줬다.

잠수복을 착용한 후 35킬로그램이 넘는 산소통과 10킬로그램 이상의 납을 허리에 차자 땅 위에서조차 몸을 가누기가 힘들었다.

물에 들어가면 나아질까?

물안경과 '오리발'을 신고 1.5미터 깊이부터 도전하기로 했다.

스쿠버 장비를 착용했기 때문에 입으로만 숨 쉬어야 한다는 교관의 말과 함께 '입수'하자 수중 장비 탓인지 물살이 없는 수영장 안에서도 중심을 잡기가 버거웠다.

무게감은 덜했지만 몸의 균형을 잡을 수가 없었다.

발을 헛디뎌 몸의 중심을 잃었다.

당황한 나머지 코로 숨을 쉬고 말았다.

콧속으로 물이 들어왔다.

비강에 극심한 통증이 느껴지면서 눈앞이 캄캄해졌다.

더 당황해 호스를 입에서 떼고 허우적거리고 말았다.

훈련장이 아니었다면 그대로 익사할 위험천만한 상황이었다.

제자리에서 다시 호흡법을 익히는 수밖에 없었다.

서서히 호흡법에 익숙해지자 교관의 지시 아래 7미터 깊이의 물 속 진입을 시도했다.

깊이 2미터 정도 들어가자 귀에 통증이 오기 시작했다.

수압 때문에 생기는 현상이었다.

수압은 물에 의해 생기는 압력을 말한다.

특별히 고산지대에 있는 것이 아니라면 물 표면의 압력은 1기압이다.

물속으로 10미터씩 내려갈 때마다 1기압씩 더해진다.

수심 10미터는 2기압, 우리가 평상시 느끼는 압력의 2배가 가해지는 것이다.

손으로 코를 막고 숨을 힘껏 쉬어 귀로 공기를 내보냈다.

이것을 펌핑pumping이라고 한다.

펌핑을 하면 신체 내부의 압력이 고막에 전달되어 통증이 해소된다.

7미터까지 내려가 바닥을 찍고 난 다음에는 조금씩 수면을 향해 올라갔다.

공중 구조훈련을 위해 다이빙대로 자리를 옮겼다.

해난구조대는 5미터, 7.5미터, 10미터까지 높이별로 다이빙 훈련을 한다.

먼저 가장 낮은 5미터에서 뛰어내리기로 했다.

다이빙대에 올라 아래를 보니 밑에서 보았을 때보다 훨씬 높아 보였다.

다이빙대의 높이 5미터와 수영장 깊이 7미터를 합치니 인간이 가장 공포심을 많이 느낀다는 11미터를 조금 넘은 것이다.

오금이 저렸다. 교관의 호통에도 몇 번이나 망설였다.

결국 교관이 억지로 등을 떠밀어 뛰어내리고 말았다.

장형진 구조대장소령·해사 46기은 "해난구조대를 지원한 일반병은 수영 국가대표 출신이나 스쿠버 자격증을 보유한 경우가 많은 편이지만 구조대만의 훈련을 버텨내기란 만만치 않다"면서 "힘든 훈련을 수료한 병사들의 자부심은 대단하다"고 소개했다.

장병들을 뒤로 하고 간 기초 잠수 훈련장.

우주비행사들이나 쓸 법한 동그란 모양의 장비 MK-21를 착용한 후 10미터 아래로 내려가 파이프를 연결하고 분해하는 과정을 반복 연습했다.

실전에서 한치 앞을 보지 못하는 환경을 미리 적응하기 위해서다.

실전과 같은 바다 훈련

훈련을 마무리 짓고 해상에 나가기 위해 오른 해군고속단정RIB이 시속 120 킬로미터 속도로 물살을 가로질러 40분 만에 도착한 곳은 바다 한가운데 잠수 보조정 YDTYard Diving T 선상이다.

305톤급의 잠수보조정에선 대원들의 심해 잠수를 위한 훈련이 한창이었다. 순서를 기다리고 실제 바다에 들어가기 위해 잠수 장비를 착용하고 대기했다. 깊은 바다에 들어간다는 설렘과 첫 경험이라는 기분이 교차하는 순간이었다.

"넘버 원 다이버 준비됐나" 교신이 들어왔다.

심호흡을 깊게 하고 천천히 물에 들어갔다.

조금씩 내려가기 시작한 고정틀은 바닷물을 머리까지 밀어 넣었다.

찬 바닷물이 잠수복 사이로 들어오면서 금세 한기가 느껴졌다.

1미터를 내려가자 배 위의 사람들이 뿌옇게 보이고 호흡 체크와 준비 상태를 점검하는 교신이 오고갔다.

　　수면과 가까웠지만 2노트 정도의 빠른 조류 탓에 한손으로는 펌핑을 제대로 할 수가 없었다.

　　5미터 아래로 내려가자 귀자 터질 것 같았고, 가슴이 답답해졌다.

　　상대방의 얼굴조차도 조금씩 흐려져가는 순간 옆에서 해파리가 지나가 묘한 감정이 들었다.

　　11미터 지점에 다다르자 귓가의 고통은 점점 더 심해졌고, 1미터 앞의 상대방조차 보이지 않는 암흑 상태로 접어들기 시작했다.

　　"넘버 원 다이버, 호흡은 괜찮은가?"

　　암흑천지라는 공포심과 함께 낯선 곳에 혼자 있다는 두려움이 쏟아지는 순간이었다.

　　고정틀이 수면 위로 끌어올려지면서 눈앞에 햇볕이 비추었다. 마치 기나긴 동굴에서 막 탈출한 것 같은 기분이 들었다.

SSU 대원이라고 해서 다른 군인보다 월급이 많거나 수당이 많은 것도 아니다. 미국의 경우 조종사 다음으로 월급이 많다고 한다지만 그것은 단지 먼 나라이야기에 불과하다. 검게 그을리고 근육질 몸으로 다져진 SSU 대원들의 가슴속은 자긍심과 애국심으로 가득 차 있었다. 오늘도 아무도 없는 심해에서 나와의 싸움을 견뎌내고 있을 이들이 진정한 전사다.

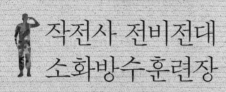

작전사 전비전대 소화방수훈련장

최강군함 이렇게 침몰 막는다

　함포와 어뢰 등 해상 무기의 등장으로 사라지긴 했지만 범선 시대 유럽 해군은 적 함대를 공격하기 위한 방법으로 화공火攻을 이용했다. 물 위에서의 불인 선상화재는 가장 치명적인 위협으로 인식되곤 했다. 화공을 목적으로 인화물질을 가득 실은 채 적함에 돌진하는 군함을 떠올려보라.

　화선이 없어지고 첨단무기가 등장한 뒤에도 자체 선상 화재와 어뢰 명중으로 인해 함정에 구멍이 생기는 파공 현상은 어느 무기보다 무섭다. 배에 불이 나거나 물이 새들어올 때 초기에 진압하지 못하면 각종 첨단무기를 장착한 군함이라도 침몰할 수밖에 없다.

화재를 진압하라

벚꽃이 어우러진 진해 군항제가 한참인 봄날 작전사 전비전대 소화방수훈련장을 찾았다. 마침 이곳에는 한 달여 간 임무 수행을 마치고 온 해상지원함인 천지함 장병들이 훈련을 받고 있었다.

소화훈련장에 들어서니 조교들이 늘어서 있다. 필자는 군복 위에 공기호흡기와 실린더, 갑옷과 같은 소방복 등 10킬로그램에 달하는 장비를 착용했다.

이날 맡은 직책은 1번 소화수였다. 맨 앞에서 소화호스의 노즐을 잡고 화재 현장 안에 먼저 들어가 진화하는 임무였다. 1번 소화수가 조금이라도 망설이면 뒤에 따라오는 대원들이 온몸에 화상을 입는 것은 물론 대열이 흐트러져 진화 작업에 곤란을 겪게 된다.

역설적이게도 바다에서 가장 위험한 것은 불이다. 다른 무엇보다 화재 진압 훈련이 중요한 이유다.

소화훈련장 내부에 점화가 시작되었다. 송풍 시설을 가동하자 불과 2~3분 만에 실내 온도가 600도까지 치솟았다.

훈련장의 문이 열리고 조교의 "1조 진입! 1조 전진" 구령 속에 진입을 시도했다.

검은 매연이 눈앞까지 덤벼들었다.

불을 끄겠다는 자신감은 이내 사라지고 옴짝달싹 못했다.

이렇게 검은 매연이 덤벼들 때에는 노즐 부분을 상하로 흔들며 제압하는 것이 우선이다.

시야를 확보해야 통로를 통해 불길을 잡을 수 있기 때문이다.

　　상하로 흔들며 "3보 전진" 구령에 맞춰 전진하자 열기가 온몸으
로 느껴지기 시작했다.

　　발밑의 불길이 장화 속을 뚫고 들어왔다.

　　5보 또 전진.

　　매연이 시야를 가린다.

　　불길을 찾을 수 없었다.

　　불을 끄고 바늘을 찾는 격이다. 위아래로 호스를 움직이며 매연을 진압하기 시작한 지 20여 초가 지났을까?

공기호흡기 너머로 달아오르는 불길이 보이기 시작했다.

불길을 향해 소화 호스의 방향을 돌리고 진압에 나섰다.

이날 화재는 유류 등으로 인한 화재인 B급 화재를 가상한 상황이다.

현장 상황은 실제 선상 화재와 다를 바 없었다.

호스를 잡고 뒤로 후퇴하며 훈련장 밖으로 나왔다.

온몸은 땀범벅이 됐다.

소화호스에서 뿜어져 나오는 물의 압력은 강했다.

두 팔이 덜덜 떨렸다.

숨소리마저 거칠어졌다.

조교가 필자의 공기호흡기를 확인했다.

이를 본 조교는 "진압 시간 지연, 행동 지침 사항 미숙, 4회 반복 훈련"을 명령한다.

수압과의 싸움

소화훈련을 마치고 봄바람이 부는 방수 훈련장으로 자리를 옮겼다. 방수훈련은 순항미사일, 수중미사일 등 타격으로 함정이 손상되었을 경우 강한 압력에 의해 뿜어져 나오는 수압을 막는 훈련이다. 구멍이 난 함정 선체는 빠른 시간 내에 수리하지 않을 경우 침수, 2차 폭발, 선체 손상이나 좌초 등 피해를 가지고 올 수 있다.

이날 실시한 훈련은 각종 파이프 손상에 대한 수리 훈련과 함 내 파공, 균열 손상에 대한 방수훈련으로 이루어졌다.

관찰관의 호루라기와 함께 밸브가 열리고 파열된 파이프 안에서 압력에 의한 물이 거세게 뿜어져 나왔다.

구멍이 작을수록 뿜어져 나오는 물의 압력은 세다.

작은 손상 하나도 함선에서는 커다란 위협이 될 수 있다.

주어진 시간은 9분.

이 시간 내에 임무를 완수해야 하며, 완료 시간을 종합해 함정들의 연말 성적에 반영된다고 한다.

파이프에서 뿜어져 나오는 물은 손으로 막을 수 없다.

고무판도 대자마자 튕겨져 나온다.

어쩔 수 없이 온몸으로 막아낸 후 고무판을 파이프에 감쌌다.

그 후 2인 1조가 된 방수조는 1명이 고무판을 고정한 사이, 다른 1명이 줄로 고무판을 200회가량 둘렀다.

자리로 돌아온 후 조교가 잠갔던 밸브를 다시 열었다. 힘찬 압력으로 뿜어나오는 물에 몇몇 파이프에서 물이 새기 시작했다. 조교는 일일이 검사한 후에 합격과 불합격 판정을 내렸다.

합격점을 받은 천지함 장병들은 한숨을 내쉬고 옆 방수 훈련장

으로 자리를 옮겼다. 장병들 모두 꽃샘추위에 바닷바람이 더해 온 몸은 금세 꽁꽁 얼어붙고 입술은 파랗게 질려 있었다.

함정의 생존을 유지하라

방수훈련은 적의 공격 등으로 인해 손상을 입은 함 내 파손 구멍을 막는 것이다. 어둑한 함정 모형물 안에 각자 정해진 파손 부위를 정해주고 주갑판에서 각종 수리 기구, 지주 등 보수 장비에 대한 설명을 들었다.

2갑판으로 내려온 장병들은 "전투배치"라는 구호가 떨어지기 무섭게 각자 정해진 위치로 일제히 달려갔다. 조교의 눈매는 매서웠고 40초 내 보수장비 앞으로 이동하지 못할 시에는 훈련을 재차 반복했다. 그만큼 중요한 훈련이기에 긴장감을 조성하려는 것이었다.

필자와 함께 조를 이룬 장병들과 부사관이 해야 할 수리법은 직접지주법이다.

배 바닥 부분의 구멍에서 물이 올라오는 것을 매트와 지주 등을 이용해 막는 방법이다.

매트와 해머 등 장비를 꾸려 내려가는 사이 어느새 물은 바닥을 뚫고 1미터 높이까지 차올랐다.

매트를 가져다 막아도 압력에 의해 이리저리 뒤틀려 고정할 수가 없었다.

빠르게 움직였음에도 3분 정도 경과하자 물은 무릎 위에서 허리 위로 올라왔다.

물이 차면서 시야가 어두워지자 마음이 조급해져갔다.

정전사고 등을 대비해 실제 상황에서도 플래시 하나에 의존해 움직여야 한다.

조치가 조금이라도 늦는다면 함정은 물론 저체온증으로 인해 병사까지 위험해진다.

이윽고 지주가 세워지고 매트가 고정돼 한숨을 쉬는 순간 물은 어깨를 넘보고 있었다.

방수훈련은 간부와 장병 계급 구분 없이 얼마나 호흡을 잘 이루어 빠른 시간 내에 움직이느냐가 관건이다. 재박훈련의 경우 장병들에게는 실전과 같은 특별한 훈련이기 때문에 간부들이 먼저 솔선수범을 보여야 한다.

진해에는 벚꽃이 한창이었다. 시민들이 축제를 즐기는 사이 천지함 대원들은 함정을 지키기 위한 사투를 벌이고 있었다. 그들의 보니 새삼 벚꽃놀이가 사치처럼 느껴졌다. 첨단무기가 활약하고 다양한 전술작전이 펼쳐지는 상황에서도 이들의 이러한 훈련이 있어 더 빛을 발하는 것은 아닐까 싶다.

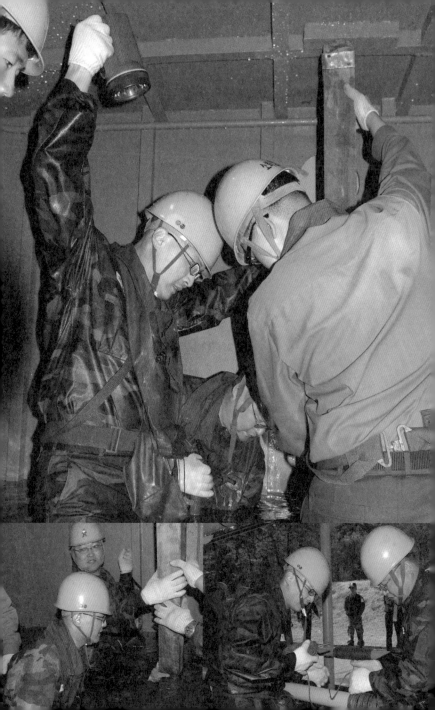

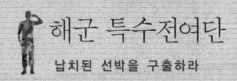

해군 특수전여단

납치된 선박을 구출하라

 2011년 1월 청해부대는 동아프리카의 아덴만을 향했다. 그곳에서 그들은 '아덴만의 여명'이라는 작전을 완벽하게 수행했다.

 '아덴만의 여명' 작전은 청해부대가 소말리아 인근 아덴만 해상에서 해적에 나포돼 있던 삼호해운 소속 선박 삼호주얼리호 선원 21명을 안전하게 구출한 작전을 말한다. 이 작전으로 해군뿐 아니라 한국군의 위상이 세계에 알려졌다.

나포된 선박을 구출하라

지금도 '제2의 여명작전'을 위해 땀을 흘리고 있는 해군 특수전
여단UDT/SEAL를 만났다.

진해 해군기지사령부 안에 위치한 항구에 도착하자 영하 5도의
기온과 바닷가 특유의 칼바람이 필자를 먼저 맞아주었다. 복면을
쓰고 눈만 내민 10여 명의 UDT 대원들은 칼바람이 아무렇지도 않
다는 듯 K6 중기관총이 장착된 고무보트RIB 위에 대기하고 있었다.

안내 장교는 "오는 21일 청해부대 15진으로 떠날 이 대원들과의 오늘 훈련은 긴장감 그 자체가 될 것"이라며 UDT 복장을 건넸다.

자신만만하게 받아들었다.

양손에 느껴지는 무게부터 위압감이 느껴졌다.

방탄조끼에 구급장비와 탄창을 꽂으니 무게만 족히 8킬로그램이 되었다.

여기에 독일의 MP5 기관단총과 허벅지에 권총까지 차고 나니 몸에서 느끼는 무게감은 묵직함 그 자체였다.

이날 훈련은 적에게 나포된 선박에 올라타 적을 진압하는 훈련이었다.

고무보트에 올라타자 파도를 가르며 나포된 선박을 향해 속도를 내기 시작했다.

바닷바람은 더 매섭게 얼굴을 때렸다.

5분도 지나지 않아 손가락이 꽁꽁 얼어붙었다.

선박검문검색대 김영종(가명) 공격팀장이 고무보트가 나포된 선박에 다가서자 "경계"라고 외쳤다.

대원들은 경계총을 하며 주변을 살폈다.

하지만 위아래로 정신없이 움직이는 고무보트, 몸에 튀는 바닷물과 바람에 몸 하나 가누기도 힘들었다.

나포된 선박 근처로 가자 긴장감이 역력했다.

실전에서는 선박 위에 어떤 상황이 벌어지고 있는지 가늠하기 힘들다.

함미에 진압용 사다리를 걸었다.

함미를 선택한 것은 적에게 노출될 가능성이 적기 때문이다.

진압용 사다리는 일반 사다리와 달리 막대기처럼 생겼다.

사다리의 끝도 바닥에 고정된 것이 아니다.

대원 1명이 사다리의 끝을 잡고 올라가는 방식이다.

바닷물에 젖은 군화가 미끄러워질까 양다리에 쥐가 날 정도로 힘이 들어갔다.

선박에 올라가자 주변은 적막감을 느낄 정도로 고요했다.

팀의 선두인 포인트맨경찰 담당이 방향을 잡자 1번 사수, 2번 사수, 3번 사수, 4번 사수, 후방경계 담당 장병들이 줄을 이어 스네이크 대형뱀 몸통 모양으로 길게 늘어선 대형을 갖췄다.

클리어! 상황 종료

두 팀으로 나눠 조정실함교와 엔진실기관실을 먼저 장악했다.

적들이 자신의 기지 등으로 선박을 이동시키지 못하게 하기 위해서다.

필자는 4번 사수로 뒤를 쫓았다.

모든 대원은 자세를 낮추고 침묵을 유지했다.

　　대원들의 대화는 수화로만 이뤄졌다.

　　이윽고 함정 내부로 진입했다. 함정 내부는 미로처럼 복잡했다.

　　이들은 함정을 모두 꿰뚫고 있는 듯했다.

　　발걸음 소리가 나지 않게 뒤꿈치부터 바닥에 대며 조심스럽게 움직였다.

　　적이 어디서 나올지 알 수 없었다.

　　순간 필자의 소총 개머리판이 복도 파이프에 부딪혔다.

　　소리는 파이프를 타고 함 내에 울렸다.

　　선박 안에 진입할 때는 몸을 최대한 웅크리고 총구의 방향을 바꿔도 가슴은 항상 정면을 응시해야 한다. 적의 총알이 날아올 경우 정면을 응시해야만 방탄조끼가 심장 부위를 보호할 수 있기 때문이다.

팀장은 MP5 소총을 등 뒤로 돌려 어깨에 멘 뒤 휴대용 권총으로 정면을 겨누고 계단을 올랐다.

통로가 좁으면 조심스럽게 침투하기 힘들다.

UDT 대원들은 2개의 소총을 소지한다.

소총의 고장이나 탄환이 떨어질 때를 대비해서다.

권총을 겨눈 팀장은 함교 입구에 들어서자 모두 자세를 낮추라고 지시했다.

팽팽한 긴장감이 감돌았다.

함교 안에 적의 수와 위치를 확인한 팀장은 2번 사수에게 문을 열라고 지시한 뒤 바로 뛰어 들어갔다.

요란한 공포탄과 함께 필자도 진입했다.

3번 사수, 4번 사수도 함교 안에 진입해 함정 내부로 통하는 입구와 내부의 수납 공간을 장악했다.

"클리어"를 외치고 10여 초가량 흐르자 무전기를 타고 기관실을 장악한 다른 팀에게도 "클리어"라는 송신이 왔다.

선박을 모두 장악한 셈이다.

선박 장악은 순식간이었다.

이들은 우리 선박의 보호를 위해 하루에도 수십 번씩 연습을 반복한다. 2005년 이후 소말리아 아덴만 등 위험 해역에서 우리나라 선박의 피랍 건수는 모두 7건이다. 피랍이 발생할 때마다 이들이 무사히 구할 수 있었던 것도 긴장감을 늦추지 않는 훈련 덕분이다. UDT 대원 덕에 한국 경제를 이끄는 수출길은 안전하다.

62해상작전헬기전대
잠수함 잡는 링스 헬기

　아프리카 북동부 소말리아 해역에는 우리나라의 청해부대와 함께 활동하고 있는 헬리콥터가 있다. 바로 대잠헬기 수퍼링스Super Lynx다. 영국의 웨스트랜드 헬리콥터스 사에서 제작해 1978년부터 운용된 이 헬기는 10여 개 나라에서 해상 작전용으로 활약하고 있다.

　길이 11.92미터에 최대 속도 시속 232킬로미터까지 날 수 있는 이 헬기는 어뢰 2정과 미사일 4기 등으로 무장해 반경 60마일까지 잠수함을 탐색할 수 있다.

　잠수함의 천적이라는 링스를 만나기 위해 경남 진해시에 있는 해군 6항공전단 예하 62해상작전헬기전대전대장 강병훈 대령; 해사 37기를 찾았다.

잠수함, 꼼짝 마!

브리핑을 듣고 활주로에 발을 들여놓으니 세찬 바람이 와 닿았다. 섭씨 3도라고 했지만 초속 15미터로 부는 바닷바람은 조종사복을 뚫고 들어와 온몸을 얼어붙게 했다.

5대의 링스 헬기는 말없이 필자를 맞이했다. 헬기들은 가상의 적 잠수함을 찾아 제거하는 훈련을 위해 24시간 대기 중이었다.

작전사령부의 출동 명령이 떨어지자마자 조종사들은 활주로를 뛰기 시작했다. 출동 명령 후 최소 20분 안에는 이륙해야 하기 때문이었다.

필자도 구명조끼 장비를 착용하고 허겁지겁 뛰었다.

뒷좌석에 탑승하니 숨이 차올랐다.

링스 헬기는 헬기 조종사 2명, 소나를 담당하는 조작사 1명이 탑
승한다.

1명이 겨우 앉을 만한 공간만이 남아 있었다.

사뿐히 날아올라 활주로 10미터 상공에서 대기하던 링스는 관
제탑의 긴급출동 명령이 떨어지자 몸체를 앞으로 기울여 빠른 속

도로 바다를 향해 날아갔다.

이륙한 지 2분도 안 돼 고도 500피트에 이르렀다.

헬기는 고도를 유지한 채 부대를 벗어났다.

진해 앞바다에 옹기종기 모여 있는 수송선, 어선 등이 점점이 눈에 들어왔다.

링스는 대함작전 때는 함대공미사일을 피하기 위해 고도 120미터를 유지한다. 잠수함을 잡는 대잠임무 때는 고도 60미터에서 비행한다.

30여 분쯤 날자 헬기는 건설 중인 거가대교를 지나 남동쪽 15마일 지점에 도착했다.

헬기는 적 잠수함을 포착한 듯 거센 물보라를 일으키며 수면 위 12미터까지 내려갔다.

블레이드가 내뿜는 거센 바람에 파도가 링스를 덮칠 듯이 넘실거렸다.

파도에 부딪혀 떨어질 것 같은 아슬아슬한 장면이 아닐 수 없었다.

겁이 났다.

파도와 싸우며 잠수함을 탐색한다

링스 조종을 맡은 김정현 소령사관후보생 86기은 "바람이 심한 날에 잠수함 탐색 임무를 할 때는 신경이 날카로워진다"면서 "이런 실전 훈련을 통해서만 임무 수행이 가능하다"고 설명했다.

곧바로 소나장비를 내렸다. 적 잠수함을 찾아내기 위한 장비인

소나SONAR는 음파로 수중 목표의 방위 및 거리를 알아내는 장비다. 음향탐지장비 혹은 음탐기로 부른다. 최대 수중 300미터까지 내려 보낼 수 있는 소나는 헬기 뒷좌석에 앉아 있는 조작사가 조종한다.

소나는 통상 헬기 동체 바로 밑에 있어야 하지만 이날은 높이 2미터가 넘는 파도 때문에 고기가 문 낚싯줄처럼 천방지축으로 움직였다.

헬기도 소나에 끌려 다니는 듯했다.

그러나 조작사는 어니스트 헤밍웨이의 소설에 나오는 노인이 거대한 물고기와 싸움을 벌이듯 사투를 벌였다.

드디어 소나의 위치를 잡고 음파를 쏘기 시작했다.

"뚜~~뚜~~뚜"

조작사는 잠수함과 함정, 물고기 떼 등을 오직 소리에 의존해 구별한다.

　수많은 음파가 존재하는 수중에서 잠수함을 찾는 것은 노련한 조작사의 능력에 달려 있다.

　15분쯤 지났을까.

　소나를 걷어 올린 링스는 다른 지점으로 방향을 돌리기 시작했다.

　잠수함이 빠져나갈 수 있는 지점을 예상해 2~3곳을 향해 음파를 쏴보기 위해서였다.

　소나는 탐지 거리가 18킬로미터나 되는 만큼 적 잠수함은 음파에 걸려들기만 하면 그야말로 '독안에 든 쥐' 신세가 된다.

　소나를 이용한 훈련은 순식간에 끝난 듯했지만 이미 3시간이 흐른 뒤였다.

　정신을 차려보니 어느새 링스는 다시 진해 앞바다 상공을 날고 있었다.

노을이 눈에 들어왔다.

활주로에 사뿐히 내려앉은 링스는 언제 거친 파도를 헤치며 훈련
했냐고 묻는 듯했다.

이들이 있어 오늘도 바다 안보는 튼튼하다.

해군군수사령부

천안함 피격사건, 다시는 없다

1945년 11월 11일 해방병단을 창설한 손원일 제독은 해군 건설에 가장 중요한 것이 함정 확보와 수리 시설이란 점을 강조했다. 그는 해군 내 해군병학교현 해군사관학교에 이어 두 번째 조직으로 조함창현정비창을 창설했다.

초창기 정비창은 기본 임무인 함정 정비 임무 외에도 1946년 최초의 국산 군함인 '충무공정'을 건조할 정도로 기술력을 키웠다. 당시 정비창 내에는 기술 인력을 육성하기 위한 공원양성소가 설치됐다. 공원양성소는 1986년까지 7,000여 명의 기술자를 배출했다. 이 인력들이 현재의 조선업계를 일군 밑거름이 되었다.

새 옷을 갈아입는 함정들

천안함 피격 1주기인 2011년 전투형 부대의 초석인 해군 정비 실력을 한눈에 볼 수 있는 경남진해 해군군수사령부 정비창을 찾았다.

해군군수사령부 수리부두에는 천안함의 동생 격인 광명함이 진해 앞바다에 맞서 정박 중이었다. 평택에서 일반인에게 공개된 천안함과 겉모습은 쌍둥이처럼 똑같았다. 천안함과 광명함은 모두 초계함에 속한다. 해군이 보유한 초계함은 1984년 1번 함인 포항함PCC-756이 취역한 이래 1993년 24번 함인 공주함PCC-785까지 10년에 걸쳐 생산됐다.

천안함PCC-772은 14번 함이고 광명함은 22번 함이다. 포항급 초계함은 한국 해군의 주력함으로, 선체부터 사격 통제 장치까지 가장 높은 국산화를 이룬 함정이다. 1980년대 중반부터 1990년대 초반까지 건조된 포항급은 2020년까지 운용된 후 퇴역할 것으로 알려져 있다.

현장에서는 광명함의 야전정비가 한창이었다.

지름이 12센티미터나 되는 밧줄 3가닥을 하나로 엮고,

이런 밧줄 6개로 파도에 흔들리는 몸을 부두에 지탱했다.

해군 임무의 특성상 장병들은 정비 기간에만 휴가를 나갈 수 있다.

이날 광명함 장병들은 전원 휴가 복귀하고 차디찬 바닷바람에도 아랑곳하지 않고 정비에 여념이 없었다.

선수 쪽에서는 장병들이 바닷물에 녹이 쓴 함 표면을 닦아내고 페인트칠이 한창이었다.

한 장병은 배 오른쪽에 부착된 빨간색 스티커를 조심스럽게 다루며 선체를 닦아 내려갔다.

이 잠수정 마크는 반잠수정을 격침시켰을 때만 부착할 수 있는 일종의 훈장이다.

장병들은 자신이 타고 있는 배가 새 옷을 입는 것 같아 뿌듯하다며 기쁜 표정을 지었다.

엔진은 배의 심장

자리를 이동한 곳은 한국 해군이 보유한 최대 크기의 도크였다. 도크는 선박을 수리하기 위해서 세워진 시설로 평택 2함대와 동해 1함대에는 없는 시설이다. 배를 'ㄷ'자 도크 안에 가두고 물을 빼낸 다음 배 밑바닥까지 수리한다. 진해에 있는 도크는 세로 250미터, 가로 30미터로 한국 최대 크기 함정인 독도함도 들어갈 수 있다.

군함의 심장인 엔진을 정비공장에서 정비를 마치고 끼워 넣는 것은 정밀한 작업을 요구한다. 60톤을 들어 올릴 수 있는 크레인으로 올리지만, 바람이 많이 불거나 조그만 실수라도 있으면 제 위치에 고정시키지 못하고, 이는 곧 대형사고로 이어질 수 있기 때문이다.

이날도 매몰차게 불어닥치는 진해 바닷바람에 긴장감이 가득했다. 들어 올린 엔진이 조금이라도 흔들릴 때면 정비 담당자들의 이마에는 땀방울이 맺혔다.

함정정비는 부대정비, 야전정비, 창정비로 나뉜다. 부대정비는 함 내 장병들이 자체 정비를 하는 것이며, 야전정비는 엔진 분해, 선체 정비, 부품 교환을 위해 1년에 1번씩 정기적으로 받는 것으로, 70일이 소요된다. 야전정비 때 가장 핵심이라 할 수 있는 엔진 정비를 보기 위해 추진체계공장으로 자리를 옮겼다.

광명함은 지난 1월 중순 입항해 야전정비가 한창이었다.

이날 광명함 장병들은 전원 휴가를 복귀하고 차디찬 바닷바람에도 아랑곳하지 않고 정비에 여념이 없었다.

공장 내부에는 고속정부터 왕건함까지 30여 개의 엔진이 일렬로

놓여 있었다.

엔진의 연결호수는 혈관을, 엔진은 마치 수술대 위에 놓인 심장을 보는 듯했다.

복잡하게 생긴 엔진을 작업하는 만큼 이곳에는 선박기관정비 명장도 있었다. 국내 6명의 선박기관정비 명장 중 유일한 현역 군인인 설상섭 직장장은 "임무를 마치고 돌아온 배에서 엔진을 꺼내 조이고 닦고 정비할 때면 한 배의 심장을 다루는 일이기 때문에 깐깐한 성격이 아니라면 쉽게 다룰 수 있는 부분이 아니다"라고 말했다.

그만큼 해군 정비 인원들은 기술력이 관건이다. 해군 군수사령부 정비창 1,500여 명의 인원 중 90퍼센트 이상이 전문 기술직 군무원인 이유도 여기에 있다.

해군력은 이곳에서 시작된다

300미터 떨어진 곳에 자리 잡은 기계금속공장은 마치 진해의 포항제철과 같았다. 주철, 주강, 비철금속 등 12종의 재료를 녹여 다양한 함정 부품을 만들어내고 있었다. 1,400도가 넘는 쇳물을 모형틀에 부어 5,000여 종의 주물품을 만들어내는 이곳은 그야말로 만물상이다. 함정에서 필요한 부품을 적재적소에 보급한다.

공장 한편에서 13명의 정비원들이 모형틀 안에 용해로에서 담은 쇳물을 붕어빵 기계에 밀가루 반죽을 넣듯 붓고 있었다.

가까이 다가오라는 책임자의 말에도 엄두가 나지 않았다.

화산에서 막 나온 듯한 쇳물은 1미터 밖에서도 얼굴을 금세 빨갛게 달아오르게 만들었다.

정비원들은 쇳물 가까이에서는 정작 땀이 흐르지 않는다고 한다. 땀이 나오자마자 마를 정도의 열기 때문이다.

35년 10개월째 근무 중인 윤종윤 금속직장장은 말했다. "과거에는 500여 종의 주물품을 만들었다면 지금은 함정의 기술이 발달해 5,000여 점의 주물품을 만들어야 하기 때문에 다양한 기술이 필요하다."

윤 직장장이 이끌고 간 곳은 모형 조형물실이었다.

이곳에는 손원일 초대 해군총장은 물론 연평해전 전사자의 흉상 나무 모형물도 있었다.

전국 해군부대에 있는 조형물도 모두 이곳에서 만들었다고 한다.

취재를 마치고 돌아선 기자에게 한 정비원은 웃음 지으며 말했다. "기관부는 함정의 심장부다. 해군 전력은 우리의 두 손에서 모두 나온다."

노을이 지는 진해 앞바다를 등지고 사령부를 빠져나온 기자의 머릿속에는 이런 생각이 스쳐갔다. "'다시는 천안함은 없으리라'라고 외치던 해군의 다짐은 이곳 군수사령부에서부터 나온 것이다."

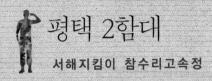

평택 2함대

서해지킴이 참수리고속정

2002년 6월 29일, 한일 월드컵 3,4위전이 열리던 그날, 대한민국은 축제 분위기에 빠져 있었다. 바로 그 시간, 서해 북방한계선NLL을 지키던 해군 참수리 357정은 북한군의 기습 공격에 의해 6명의 용사를 잃어야만 했다. 젊은 장병들은 적의 총알을 온몸으로 막아내고 국민들을 지켜냈다. 이른바 제2 연평해전이다.

그 바다에 가다

기상예보는 심상치 않았다.

강풍을 예고한 터라 파도 높이는 2미터가 넘는 상황이었다.

하지만 평택 2함대에 도착하자 서해 앞바다가 마음이라도 열어주듯 파도가 점점 가라앉기 시작했다.

참수리 고속정에는 처음 탑승했지만 낯설지 않았다.

영화 〈연평해전〉을 통해 익히 눈에 익었기 때문이었다.

해군 관계자가 건네준 두툼한 고속정복과 구명조끼를 입자 출항을 알리는 보순파이프에서 휘파람 같은 소리가 울려 퍼졌다.

구명조끼에는 천안함피격사건 이후 보급된 조난자신호장치 RFID도 눈에 띄었다.

자동차 키처럼 생긴 RFID는 물에 닿는 순간 함정에 신호음을 보내게 되어 있었다.

고속정은 다른 큰 함정과 달리 부두에서 날렵하게 빠져나왔다.

서해 앞바다로 향한 참수리고속정의 뱃머리는 파도에 부딪히기 시작했고 엔진은 시커먼 연기를 뿜어내기 시작했다.

서해의 긴장감은 단지 남북의 경계가 가시적이지 않다는 데서 오지 않는다. 이곳은 수시로 남과 북의 어민이 배를 타와 조업을 한다. 정신없이 고기를 잡다보면, 혹은 고기가 잡히지 않아 더 많은 고기가 있는 곳을 향해 찾아가다 보면 어느덧 북방한계선 가까이 가는 것은 물론 자신도 모르는 사이에 그 경계를 넘어서기도 한다.

이는 북쪽의 어민도 마찬가지다. 물고기를 쫓아 움직이다 보면 어느새 서로 경계를 넘나들기 일쑤다. 여기에 북한 어선을 보호한다는 명목으로 북한의 경비정도 속속 내려오는 실정이다. 이제는 중국의 어선까지 우리의 영해까지 건너와서 불법조업을 한다. 이들은 남과 북의 경계를 무시로 넘나든다.

2함대가 경비를 담당하고 있는 연평도 부근 서해 5도의 일상은 이렇게 위험천만하다.

우리 바다의 만능 해결사 참수리 고속정

천연기념물 243호 참수리의 이름을 따온 참수리 고속정은 우리나라의 대표적인 해군 주력 고속정으로, 현재는 40밀리미터 보포스 단장포 1문_{함수}, 20밀리미터 발칸포 2문_{함미}, 2002년 제2 연평해전 이후 M60 기관총 대신 K-6 중기관총 2정을 갖추고 있다.

210톤의 무게에 길이는 44미터, 폭은 7미터이고, 20명 내외가 승조할 수 있다. 일반적으로 만재배수량을 기준으로 400톤 미만은 고속정으로 표시하고, 400톤을 초과하는 경우 고속함으로 표시한다. 참수리 고속정은 210톤이기 때문에 고속정으로 분류되며, 최고 속

도는 시속 40노트74킬로미터 정도로 상당히 빠른 편이다. 또 워터제트 추진 방식을 사용하기 때문에 수심이 낮고 어망이 있는 지역에서도 수월하게 작전을 수행할 수 있어 서해에 배치되기 안성맞춤이다.

참수리 고속정은 출항할 때까지 준비 시간이 짧고 속도가 빨라 여러 면에서 유용하다. 기본 임무는 전방해역감시와 어로보호지원 인데, 환자 및 상륙 인원 이송, 해난사고 구조, 해경 지원 등 다양한 임무를 수행한다.

비좁은 함정에서 빨리 움직이려면

부두를 빠져나온 참수리 고속정은 생각과 달리 심하게 흔들리지 않았다.

해군 관계자는 겁을 줬다.

"평택항은 작은 어선이 많기 때문에 어선들의 길인 '협수로'를 빠져 나갈 때까지 속도를 내지 않는다. 파도 높이가 1미터 이상일 때 생기는 하얀 파도, 백파가 보이니 각오를 해야 할 것이다."

먼 바다에 나갈 때까지 장병들의 임무는 없을 것이라고 생각하고 갑판으로 올라갔다.

하지만 오판이었다.

고속정 앞머리에는 수병이 깃발로 수신호를 보내고 있었다.

안개가 자욱하거나 기상이 좋지 않은 날에는 눈앞에 장애물이 갑자기 나타나는 경우가 있어 직접 장병들이 눈으로 확인하고 정장에게 보고를 해야 한다.

고속정의 맨 위층에는 정장이 위치해 있었다.

가장 안전한 곳에 위치해 있을 것이라고 생각했던 정장은 가장 높은 곳에서 바람과 파도를 모두 맞고 있었다.

평택항을 떠난 지 1시간이 지났다.

17마일 지점에 도착하자 장병들의 발걸음은 더욱 빨라졌다.

장병들을 쫓아다니다 함정 곳곳에 머리를 부딪치자 안내 장교는 "비좁은 고속정에서 빠른 움직임으로 임무를 수행하기 위해서는 반복 훈련이 필수"라고 말했다.

장병들은 비상조타 상황에 돌입했다.

　적의 기습으로 조타실에서 배의 움직임을 조종하지 못할 경우
수동으로 배의 방향을 조종해야 했다.

　배 뒷부분 지하의 3평 규모 공간에 들어가니 엔진 굉음으로 옆
사람의 말을 들을 수가 없었다.

　하지만 헤드폰을 통해 명령을 받고 펌프질을 하듯 배의 방향을
바꿨다.

　조타실에서는 전탐장이 북한의 GPS 교란 공격에 대비해 삼각자
와 컴퍼스를 이용해 길을 안내했다.

전탐장은 "7040, 6마일, 320"이라며 위치를 파악하기 바빴다.

훈련을 마치고 돌아오는 길에 고속정 안에서 점심식사를 했지만 밥은 넘어가지 않았다.

뱃멀미에 어지러움 증상까지 겹쳐 육지가 마냥 그리웠다.

훈련 6시간 만에 평택 2함대 부두에 도착하니 마냥 어리게만 보였던 수병들이 대양 해군을 이끄는 핵심 자원이라는 생각이 들었다.

4부

해병대

Republic of Korea Marine Corps

미군 제3해병기동군과
해병대 1사단 헌병대

북한의 붕괴를 대비하다

2001년 9월 11일. 뉴욕의 심장부인 월드트레이드센터, 일명 쌍둥이 빌딩에 비행기 2대가 충돌한다. 비슷한 시간에 미국 국방부 건물인 펜타곤과 피츠버그에도 각각 비행기가 충돌했다.

이슬람 극단주의 테러 단체 알카에다가 비행기를 공중 납치하여 벌인 일이다. 이 사건으로 2,800~3,500명 정도가 사망했고, 125명의 실종자 발생했다. 경제적 피해만도 약 70조 원에 이를 것으로 추산된다.

이 사건 이후 미국을 포함한 연합군은 2003년 3월부터 약 한 달간 이라크를 상대로 전쟁을 벌였다. 이 전쟁에서 이라크인은 18만여 명, 미국인은 4,488명이 목숨을 잃었다. 미군이 퍼부은 전쟁 비용만 1조 달러에 달한다.

전쟁보다 더 중요한 것은 나라를 재건하기 위한 '안정화작전'이었다. 전쟁 기간보다 안정화작전 동안 오히려 사상자와 비용이 더 늘어났다. 안정화작전을 펼치는 동안에도 곳곳에 숨어 있는 무장 세력들의 공격과 테러가 이어졌기 때문이다.

안정화작전은 우리의 미래

분단국가인 우리도 이 같은 상황에 대비해 미군과 함께 안정화 작전 훈련을 하고 있다. 언제 붕괴할지 모를 북한 정권과 통일 이후를 대비해야 하기 때문이다. 북한 정권의 붕괴는 전쟁의 위협을 낮추는 계기이기도 하지만, 동시에 극심한 혼란을 잠재하는 위기 상황일 수도 있다.

안정화 작전 훈련을 체험하기 위해 오키키나와에 주둔하고 있는 미군 제3해병기동군과 한국 해병대 1사단 헌병대의 합동 연합작전 현장을 찾았다.

포항시에 위치한 해병대 시가지전투훈련장은 도시의 축소판이었다. 오전 9시가 되자 훈련장 앞에 미군의 작전용 험비차량과 유류 차량, 보급차량 등이 굉음을 내며 속속 도착하기 시작했다. 어느새 160여 명의 미 해병대 장병들이 도열하기 시작했다. 그 옆에 해병대 1사단 헌병대 80여 명도 자리를 잡았다. 밤꽃이 활짝 핀 화창한 날씨였지만 장병들의 눈빛에는 긴장감이 맴돌았다.

한국과 미국의 해병대는 3개 조로 나눠 훈련을 실시했다.

첫 번째 소대에 소속된 필자는 안정화작전에서 가장 중요한 정찰 훈련에 참가했다.

아프가니스탄과 이라크전을 겪은 미 해병대 조교는 급조폭발물에 대한 설명을 시작했다.

2004년 김정일 국방위원장이 IED 공격 모방전을 강조한 이상 훈련에 충실해달라는 말도 잊지 않았다.

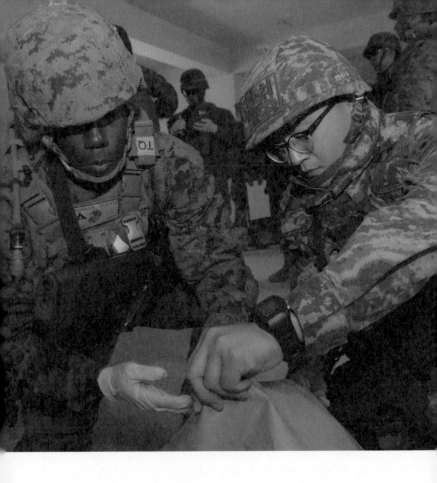

　미 해병대 조교는 실전훈련에 참가하고 싶은 장병은 손을 들어보라고 했다.

　필자와 미군 2명, 우리 해병대 장병 1명은 미군 장갑수송차량인 험비Humvee에 올라탔다.

　그리고 10미터가량 전진하더니 차량에서 내려 경계를 서라고 지시했다.

필자는 후방으로 달려 경계를 시작했다.

하지만 지적이 곧 이어졌다.

조교는 한미 해병대 장병들에게 무엇이 잘못됐는지 거꾸로 물어보았다.

주입식 교육에 익숙한 한국군은 어색해했다.

미 해병대 장병 1명이 손을 번쩍 들더니 "차량 문을 열어놓고 경계를 시작했다"고 답했다.

차 문을 열어놓을 경우 폭탄이 폭발하면 차량 내부 파괴는 물론 내부 인원까지 다칠 수 있어 문을 닫아야 한다는 것이다.

미 해병대 조교는 "정답"이라며 운전자와 사수가 차량을 떠난 점, 차량 문을 열고 내리기 전에 발밑에 있을 수 있는 IED를 확인하지 않은 점, 차량에서 내려 우선 주변 5미터 지역의 안전을 확인한 후 경계 범위를 넓혀야 한다는 점 등을 지적했다.

이와 같은 지적은 실제 안정화작전에서는 생명과 직결된 문제이다.

한미 헌병대 소속 장병들은 전쟁 후 안정화작전 중에 벌어지는 사건사고의 처리도 담당해야 한다.

미 해병대 조교는 창문에서 지문을 채취하는 시범을 보인 후 장병들에게 한 번씩 해보라고 지시했다.

처음으로 지문을 채취해보는 우리 해병대 장병들의 모습은 진지했다.

그들은 경험에서 나온 미 해병대 조교들의 조언을 놓치지 않기 위해 말조차 건네지 못할 정도로 집중했다.

이런 훈련은 해병대였기 때문에 가능한 훈련이었다. 미군은 마냥 자유분방할 것이라는 생각도 오해였다. 훈련에 임하는 그들의 자세는 우리 군만큼이나 위계가 분명했다. 자유로움 속에서 군기 있는 모습을 볼 수 있었다.

미 해병대 코린 크리스토퍼 마이에스Colin Christopher Myeis 상병은 "혈맹으로 맺어진 한국 해병대는 배우려는 의지가 투철한 것 같고 이런 부대와 함께 훈련을 할 수 있어서 즐겁다"며 미소를 지었다.

해병대 1사단

해병대의, 해병대에 의한, 해병대를 위한 훈련

1948년 10월 여수·순천 반란 진압 작전 당시 신현준 해군 중령은 적진에 침투할 수 있는 상륙 작전 부대의 절심함을 느꼈다. 그가 손원일 해군 참모총장에게 건의한 것이 계기가 되어 창설된 부대가 바로 해병대다. 1949년 4월 15일 경남 진해 덕산비행장 격납고에서 일본군의 99식 소총과 무명천에 국방색 염색을 한 훈련복을 입은 해병 1기가 탄생했다. 그들은 해군 13기에서 지원한 380명이었다.

귀신 잡는 해병대의 유래

해병대는 이처럼 초라하게 시작했지만 전설적인 승전보를 울리며 명성을 쌓아갔다. '귀신 잡는' 해병대라는 명성을 낳은 한국군 최초의 단독 상륙 작전인 통영 지구 전투, 전 장병이 일계급 특진한 진동리 지구 전투, 인천상륙작전, 산악전에 유례없는 승리를 거두며 이승만 대통령에게 '무적해병' 휘호를 하사받은 도솔산 지구 전투 등이 대표적이다.

해병대는 현재 수도 서울의 관문인 서부전선과 백령도, 연평도 등에서 방어를 주 임무로 하고 있다. 또 유사시 적지에 침투하는 상륙 작전을 전개하는 임무도 맡고 있다. 2003년 징집 제도 폐지 후 지원자들로만 뽑고 있으며, 2개 사단과 1개 여단, 연평도 방어를 맡는 연평부대, 상륙군지원단 등으로 구성돼 있다.

우리 해병대의 상륙 작전 능력은 세계 해병대 보유국 50여 나라 중 세 번째라는 게 대체적인 평가다. 이는 강한 훈련의 결과임은 두말할 필요도 없다. 신병은 기초군사훈련을 받은 다음, 해병대만의 상륙기습기초훈련, 상륙장갑차탑승훈련, 천장봉 행군 등을 받아야 한다. 이런 힘든 훈련 때문에 지원자가 적을 것이라는 생각은 오해다. 해병대 일반 장병 지원 경쟁률은 4 대 1 정도이고, 부사관과 장교 지원율은 7 대 1 정도다.

여군 지원도 늘어나 현재 해병대에는 100여 명의 여군이 있다. 해병대 여군이 육군 여군보다 더 먼저 창설되었다는 것은 잘 알려지지 않은 사실이다. 해병대 여군은 1950년 8월 30일 입대한 해병 4기 중에 126명이 포함돼 있다. 육군 여군 창설1950년 9월 5일보다 엿새 빠른 셈이다.

우리 해병대는 최근 5년 동안 조지아, 수단 등 UN 정전감시단과 아프가니스탄, 이라크를 포함해 700여 명을 해외에 파병한 바 있다. 특히 주 이라크 대사관 경비 임무에서는 임홍재 전 이라크 대사가 해병대 인원을 교체하지 말아달라고 직접 부탁할 정도로 철저한 임무 수행으로 정평 나 있다.

훈련 해병대 기습전술의 비결

"팔각모 얼룩무늬~ 바다의 사나이~" 해병대 1사단이 있는 포항 시 도구 해안. 해병대의 군가 〈팔각모 사나이〉가 하늘 높이 울려 퍼지고 있었다. 3.5킬로미터 해안을 장병들이 달리고 있다. 빨간 유니폼에 머리 옆과 뒤를 바싹 치켜 자른 상륙돌격형 머리, 구릿빛 피부는 누가 봐도 그들이 해병대임을 알게 했다.

한여름의 날씨는 아침부터 섭씨 30도에 육박한다. 전투수영과 PT 체조 등을 보는 것만으로도 숨이 턱에 차오른다. 해병대가 악명 높은 상륙기습용 고무보트Inflatable Boat Small(IBS) 훈련을 받고 있었다.

훈련 교관들은 햇살이 따가운 훈련장에 들어서자마자 기다렸다는 듯이 PT 체조를 시켰다.

절도 있는 자세를 요구하는 해병대 PT 체조는 16개 동작으로 이루어져 있다.

육군과는 조금 다른 PT 체조 방식에 잠시 머뭇거리자 횟수는 배로 올라갔다.

9개 동작을 마치자 숨이 턱까지 찼고, 모래 안에 박힌 발은 마냥 천근처럼 무겁게 느껴졌다.

땀은 비 오듯 쏟아졌다.

다리 근육은 팍팍해져 움직일 수조차 없었다.

PT 체조는 얼차려가 아니라 해병대이기에 반드시 갖추어야 할 체력을 키우기 위한 기초 훈련이다.

7명 팀원 중 1명이라도 낙오할 경우 임무수행에 큰 차질이 빚어지는 만큼 정신력이 무엇보다 중요하기 때문이다.

이 과정을 즐기지 못하면 해병대가 될 수 없다.

PT체조는 3시간 동안 이어졌다.

손가락 하나 움직일 힘도 없을 정도로 기진맥진했다.

그러나 해병대원들의 '악' 구호는 하늘을 쩌렁쩌렁 울렸다.

주특기가 IBS인 장병들은 이런 훈련을 1년에 4차례 받는다.

해병대 훈련의 꽃, IBS 훈련

IBS 훈련의 핵심은 보트 이동이다.

IBS 이동법을 익히기 위해 7명이 한 팀을 이뤄 보트를 무릎 위까지 손으로 들어올리는 '보트무릎'과 머리 위에 얹는 '보트머리' 훈련을 반복했다.

150킬로그램에 육박하는 보트를 머리 위로 얹을 때 1명이라도 힘을 주지 않거나 키가 안 맞으면 보트가 기울어 나머지 팀원이 그 무게를 감당해야 한다.

보트 위에 교관이 올라타고 3.5킬로미터 해안을 이동하던 중 2킬로미터 지점에서 균형이 맞지 않아 비틀거렸다.

또 보트에 올라탄 교관이 움직일 때마다 대원들은 바닷물 속으로 곤두박질했다.

그러나 장병들은 하나같이 오기가 섞인 '악' 구호와 함께 오뚝이처럼 일어나 완주했다.

이튿날 아침이 밝았다.

목이 움직이지 않았다.

설상가상으로 날씨도 엉망이었다.

호우주의보가 발령되었고 파도 높이가 60센티미터를 넘어섰다.

그러나 IBS 훈련은 계속됐다.

IBS를 끌고 함성을 지르며 빗줄기가 쏟아지는 바다로 뛰어 들었다.

높은 파도에 8미터까지 전진한 후 올라탄 보트는 노를 열심히 저었지만 앞으로 나갈 생각을 하지 않았다.

15미터 정도 가니 속도가 붙기 시작해 50미터 목표 지점까지 닿을 수 있었다.

IBS는 단결력이 생명이다

IBS 훈련은 바다 위 고무보트에서 하나가 되는 훈련이기 때문에 팀워크와 체력이 가장 중요하다. 장병들은 스스로 훈련 전후를 비교했을 때 스스로 많이 변해 있다는 것을 느낄 수 있을 정도다. 특히 기습을 위한 은밀한 침투훈련인 만큼 팀워크가 중요하다. 장병 개개인마다 주어진 임무도 결국 팀워크를 통해 이뤄진다.

김형진 대위는 훈련교관으로서 무엇보다 안전을 가장 중요하게 강조한다. 훈련 과정에서 다친다면 곧바로 전투력 상실로 이어지기 때문이다. 두 번째로는 정신력을 꼽았다. 해병대는 안 되는 것도 되게 만들어야 하는 부대다. 그래서 강인한 정신력이 필요하다. 주특기가 달라도 IBS 훈련을 끝까지 마칠 수 있는 것도 해병대 특유의 정신력 덕분이라고 그는 강조한다.

필자 역시 훈련을 받기 전까지 '장병들은 왜 이런 고통스러운 훈련을 자진해서 받는 것일까?' 의심했다. 하지만 '해병대'라는 3글자에 해답이 있다는 생각이 들었다. 이들은 지금쯤 가슴에 IBS 휘장을 달고 맡은 바 임무를 충실히 하고 있을 것이다. '안 되면 되게 만드는' 해병대 장병이 바로 이들이다.

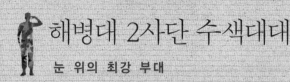

해병대 2사단 수색대대

눈 위의 최강 부대

　한파주의보가 내려진 강원도 평창군은 추웠다. 필자가 찾은 날은 기상청 기준으로 영하 20도의 혹한이었다. 하지만 거리는 활기찼다. 2018년 동계올림픽 유치를 환영하는 현수막이 휘날리고 대관령 겨울 산행을 즐기려는 관광객들이 눈에 띄었다.

　필자는 평창군에 위치한 해발 고도 1,400미터의 황병산을 찾았다. 절대 사람이 있을 리 없을 거라고 생각한 그곳 산중턱에 빨간 명찰의 해병대 2사단 수색대대 장병들이 있었다.

설산의 해병대

해병대와 설산은 어울리지 않는 단어다. 뜨거운 여름 검게 그을린 육체를 기꺼이 바다에 던지는 사나이의 모습이 해병대의 전형이다. 그런 해병대가 겨울에는 어떤 모습일지 상상해본 적이 없는 것도 사실이다. 해병대는 날이 덥다고 쉬지 않는다. 비가 온다고 쉬지 않는다. 하물며 날이 춥다고, 눈이 온다고 쉴까? 해병대는 언제 어느 순간에도 전투에 투입될 수 있는 최강 전사다.

황병산 중턱의 해병대 장병들은 하얀색 위장복을 입고 있었다. 그들은 5주간 진행되는 설상 기동훈련을 받고 있었다. 해병대 수색대대 장병들은 적지에 침투해 첩보 수집은 물론 상륙부대가 상륙하기 전에 화력 유도, 목표 타격 등의 임무를 수행하는 최정예 부대다. 이때문에 수북이 쌓인 눈도 이들에겐 아무런 장애가 될 수 없다.

이날 장병들은 스키를 이용한 기동훈련과 적진에 침투하는 전술훈련을 실시했다. 해병대는 산을 타기 용이한 산악스키를 이용한다.

산악스키는 길이가 130센티미터로 일반 스키보다 40센티미터 짧다. 길이 없는 산속을 다녀야 하고 언제라도 급회전을 할 수 있어야 하기 때문이다.

장병들은 저격수를 포함한 12명이 적진을 침투해 가상의 건물을 폭파하는 훈련을 수행했다. 완전군장을 갖추고도 하얀 눈밭을 쏜살같이 내려오는 장병들의 모습은 호쾌하기 그지없었다.

필자는 스키를 한 번도 타보지 않은 탓에 기초 훈련을 먼저 배워야 했다.

수색대대 장병들의 스키 훈련은 총 세 개의 구간으로 나뉜다.

초급자용 경사 20도의 C코스500미터, 중급자용 30도의 A코스350미터, 고급자용 35도의 B코스250미터다.

욕심 탓에 중급 A코스부터 시작하려고 했지만 조교는 한사코 만류했다.

2.5킬로그램의 스키화에 고정된 발목 때문에 중심을 잡기 힘든

것은 물론이고 오히려 뒤로 미끄러져 내려가기도 했다.

C코스로 이동 중에도 5미터마다 넘어지는 필자에게 조교는 넘어지는 것도 요령이 있어야 한다고 충고했다.

넘어지는 요령은 부상을 방지하기 위해 꼭 배워야 할 기술이다.

적진에서 부상을 당하게 되면 전술에 영향을 미치고 기동 시간도 늦어지기 때문에 부상을 최대한 줄이는 것이 관건이다.

옆걸음으로 간신히 이동한 C코스 꼭대기에서 활강이 시작됐다.

발가락을 모으고 뒤꿈치를 벌려 스키를 'A'자 모양으로 만들어 내려오기 시작했다.

속도를 줄이려면 스키 뒷부분을 더 벌려 발바닥 안쪽으로 땅을 누르면 된다.

하지만 10미터도 내려오기 전에 평소 사용하지 않던 근육을 쓴 탓에 발가락에 쥐가 날 것 같이 아파왔다.

힘이 풀린 다리는 결국 스키를 일자로 만들어버렸고, 속도가 붙은 스키 탓에 넘어지기를 수도 없이 반복했다.

진정한 전투형 부대

이어진 훈련은 실제 기동훈련이다.

길도 없는 눈 덮인 산악 지역을 뚫고 적진에 침투하는 훈련이다.

산중턱에 올라가자 첫 난관에 마주쳤다.

30미터 높이의 암벽이 길을 막아버린 것이다.

소대장의 지휘 아래 로프가 설치되고 암벽 등반이 시작됐다.

다리를 이용해 요령껏 올라가야 하지만 이미 다리에 힘이 풀려 엄두가 나지 않았다.

20미터가량 올라가자 온몸이 땀으로 범벅되고 눈앞에 아무것도 보이지 않았다.

20분 만에 암벽 위에 올라서니 장병들은 주변 경계에 꼼짝도 하지 않았다.

대원들은 어떤 상황에도 적에게 노출돼서는 안 되기 때문에 이동 중에 말 대신 수화를 사용한다.

잠시 점심을 먹은 장병들은 스키 바닥에 가죽처럼 생긴 천을 부착했다.

물개 가죽처럼 한쪽 방향은 부드럽고 한쪽 방향은 거칠어서 내려올 때는 빠른 활강을 하고, 오를 때는 뒤로 밀리는 현상을 방지할 수 있다.

눈이 무릎까지 차오른 지역에 오자 장병들은 스키 대신 설피雪皮를 착용하기 시작했다.

설피는 나무로 만들어진 원 모양의 눈신발로 눈에 발이 빠지는 것을 방지한다.

산 능선을 타고 이동한 지 2시간이 지났다.

숨이 턱까지 차오르고 훈련 포기를 선언하기 직전에 가상의 적 건물이 눈에 들어왔다.

중대장은 재빨리 저격수를 전진 배치하고 2개 조로 나누어 침투를 시작했다.

긴장감에 끊어질 듯한 발목과 천근만근인 다리도 잠시 잊었다.

건물에 침투한 장병들은 폭탄을 설치하고 다시 스키를 착용해 산비탈길을 내달리기 시작했다.

임무 완수!

산 중턱에 걸린 석양을 뒤로 한 채 내려가는 장병들의 뒷모습을 보았다.

최강 전력이라는 자부심과 철저한 훈련을 받아야만 수색대대의 설상 전술 훈련을 받을 수 있다. 힘든 훈련에도 아랑곳하지 않고 자신의 임무를 성공하는 해병대 수색대대 장병이야말로 진정한 전투형 부대였다.

5부

공군

Republic of Korea Air Force

공군 8전투비행단

F-5 전투기를 타고 하늘을 누비다

남자라면 한 번쯤 꿈꿔온 선망의 대상이 있다. '빨간마후라'를 목에 멘 전투기 조종사다. 전투기 제트 엔진에 몸을 맡기고 푸른 영공을 멋지게 비행하는 모습은 남자라면 누구나 한 번쯤 해보고 싶은 일이다.

최첨단 장비로 가득 찬 조종실에서 극한의 속도가 주는 쾌감을 느낀다는 것은 아무나 할 수 있는 일이 아니다. 대한민국 영공을 최전방에서 지키는 F-5 전투기에 탑승하기 위해 강원도 원주에 위치한 공군 8전투비행단을 찾았다.

1975년생 전투기의 위엄

전투기 이륙 예정 시각은 오전 10시 30분이었다. 하지만 비행을 위한 준비는 두 시간 전에 시작됐다. G슈트_{정식 명칭은 Anti-G슈트} 등을 필자의 신체 크기에 맞추기 위해 서두른 것이다. G슈트는 전투기가 선회 비행할 때 조종사 머리에 있는 피가 아래로 쏠리는 현상을 줄여주는 특수 복장이다. 뇌에서 피가 빠져나가거나 제대로 뇌에 피가 공급되지 못하면 조종사가 비행 도중 순간적으로 기절할 수 있다.

비행 1시간 전 김진수 비행대장과 소용근 대위가 브리핑실에 모였다.

이날 비행 임무인 전투기동 등을 논의하기 위해서다.

필자는 김진수 비행대장과 함께 좌석이 앞뒤로 배치되어 있는 복좌 F-5에 탑승하고, 소 대위는 단좌 F-5에 탑승해 편대비행을 하기로 했다.

김진수 비행대장은 2,300시간 비행을 한 베테랑 조종사였고, 필자가 탑승할 전투기 역시 1975년에 생산되어 지금까지 1만 1,221시간을 비행한 베테랑이었다.

이륙 20분 전, 전투기가 늠름하게 서 있는 격납고로 향했다.

전투기에 탑승하자 눈앞에 수많은 계기판이 머리를 혼란스럽게 했다.

최신예 전투기의 계기판이 디지털 전자시계라면 F-5는 바늘시계와 같은 계기판이었다.

1975년에 생산된 전투기라 안전에 대한 불안감이 든 것이 사실이다.

불안해하는 필자에게 정비대대 정광일 상사는 "도입 당시보다 체크해야 할 세부 항목들이 점점 늘어나고 있지만 내 자식처럼 비행 시간대별, 기간별 정비를 꼼꼼히 하는 만큼 안심해도 된다"고 말했다.

김진수 비행대장 역시 탑승 전 직접 고도를 알려주는 센서, 엔진, 오일 등을 꼼꼼히 체크했다. 이륙 전 최종 확인 작업이다. 그는 필자에게 비행 탈출 방법은 물론 비행 도중 구토를 염려해 비닐봉지까지 챙겨줬다.

자동인 최신예 전투기와 달리 수동인 캐노피를 손으로 직접 닫자 긴장을 한 탓에 손끝이 떨리기까지 했다.

복좌 전투기는 앞좌석에서 조종간 등을 움직이면 뒷좌석도 똑같이 움직인다.

활주로 끝에서 이륙 대기하던 중 스틱의 움직임이 느껴졌다.

드디어 이륙.

엔진 출력을 최대로 높여 속도를 내자 몸이 좌석에 달라붙었다.

일반 민항기에서도 느낄 수 있는 기분이지만 전투기에서 몸으로 느끼는 압박감은 3배 이상이었다.

속도의 한계에 도전하다

이륙 10분 후 전투기가 상공에서 정자세를 유지하자 함께 이륙한 소용근 대위의 전투기도 시야에 들어왔다.

아래에는 강원도 평창 시내가 한눈에 펼쳐졌다.

하지만 풍경을 느끼는 것도 잠시, 눈 깜짝할 사이에 구름을 뚫고 2만 피트 상공까지 올라간 전투기는 훈련에 돌입했다.

"에코 원, 공격 기동 준비하라."

마음의 준비를 갖출 여유도 없었다.

조종사가 "고"라며 짧은 메시지를 던지는 순간 기자의 스틱은 뒤로 밀리고 전투기가 급선회하는 기동훈련이 시작됐다.

중력이 온몸으로 느껴졌다.

중력을 측정하는 단위는 지구의 중력가속도로, 일명 G다.

사람이 일상적인 생활을 할 때는 1G, 놀이공원 바이킹을 탈 때는 최고 2G 정도를 느낀다. 이날 걸릴 G는 5.8G다.

중력이 걸리는 순간 G슈트 허벅지 부분에 공기가 차오르기 시작했다.

가위에 눌리기라도 한 듯이 온몸을 꼼짝할 수 없었다.

전투기의 위치를 파악하려고 했지만 고개조차 돌릴 수 없었다.

목에도 통증이 몰려왔다.

25초간 기동회피가 끝나자 이번엔 반대 방향으로 기동이 시작됐다.

이마에 땀이 흐르고 허벅지에 피가 몰렸다.

피의 하체 쏠림 현상을 막으려 특수 호흡법을 시도했지만 신음 소리만 나왔다.

실전에서는 더 강한 급선회를 해야 한다.

전투기는 이어 360도 회전하며 하늘로 치솟아 올랐다.

구름 안에서 시작된 비행 탓에 땅과 하늘을 분간할 수 없었다.

구름을 빠져나온 뒤에도 한동안 방향과 위치를 알지 못했다.

조종사는 "적기 위치를 파악했냐"고 물었지만 정확한 답변은커녕 대답할 기운조차 없었다.

이어진 공격 기동.

이날 전투기는 외부 연료와 공대공미사일까지 장착했다.

적기를 찾았지만 방향을 바꾸며 질주하는 전투기를 잡는 일은 만만치 않았다.

계속되는 기동훈련에 그저 빨리 조종석을 탈출하고 싶은 마음뿐이었다.

40분간 이어진 기동 훈련 끝에 헬멧 안에서 반가운 목소리가 들려왔다.

"기동훈련 무사히 마친 것을 축하드립니다."

그제야 온몸에 긴장감이 풀렸다.

이어 단풍 옷을 입은 치악산을 배경으로 활주로에 착륙하고 캐노피가 열렸지만 좌석에서 빠져나올 수가 없었다.

다리에 힘이 풀린 탓이다.

　좌석에서 내리자마자 가장 먼저 전투기에 키스를 했다.

　최전방에서 어려운 훈련을 버텨내주는 F-5 전투기가 마냥 고마웠다.

　이날 비행은 총 1시간 동안 이루어졌다. F-5가 작전 반경이 짧은 탓에 하늘에 오래 떠 있을 수 없었다. 비행을 마치고 뒤를 보니 활주로에 붉은 노을이 가라앉는 듯했다. F-5 전투기는 2020년이면 임무를 차기 전투기에 넘겨준다. 차기 전투기 사업이 정상적으로 추진돼 늠름한 전투기들이 활주로를 날아올랐으면 하는 바람을 품고 서울로 향했다.

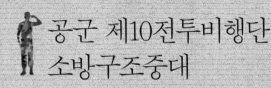

공군 제10전투비행단
소방구조중대

임무수행 열기 한여름 열기보다 뜨겁다

2016년 3월 경기도 수원시에 위치한 폐품처리장에서 화재가 발생했다. 주민들은 인근 소방소에 화재를 신고했지만 상황은 여의치 않았다. 관할 소방서의 화재 진압차들이 이미 다른 화재로 모두 출동을 나갔기 때문이다.

관할 소방서는 수원에 위치한 공군 제10전투비행단에 도움을 요청했다. 24시간 대기하고 있는 비행단 소방구조중대는 긴급히 출동에 나섰고, 신고 20분 만에 화재를 모두 진압하고 대형사고를 막아 냈다.

공군 제10전투비행단은 공군 전투기의 안전사고는 물론, 대민지원까지 책임지고 있다. 소방구조중대는 소방구조반, 소방운영반, 소방관제탑, 항공기구조반으로 구성되어 있다.

상상의 영웅과 현실의 영웅

제10전투비행단 소방구조중대는 수원 공군전투비행장 안에 있다. 활주로 옆에 위치한 빨간색 소방차들은 금방이라도 튀어 나갈 듯한 기세로 서 있다. 가까이 다가가자 항공기소방차, 경화학소방차들이 육중한 몸매를 드러냈다. 활주로 위에 항공기의 돌발 사고는 물론 부대 내 화재, 대민지원까지 모두 책임져야 하기 때문에 소방차의 종류도 다양했다.

허강석 소방구조반장은 "무더운 날씨에 훈련을 하게 돼서 불길을 실제 접하지 않아도 충분히 고된 하루가 된다"고 했다. 훈련 자체도 힘들 뿐 아니라 무더위일수록 사고가 일어날 확률이 높기 때문에 어떠한 핑계로도 훈련을 게을리할 수 없기 때문이다. 한여름의 날씨는 오전부터 32도를 훌쩍 넘겼다.

소방구조장병들이 착용하는 기본 장비는 첫 단추부터 버겁다.

군복 위에 두꺼운 소방복만 입어도 등줄기에는 땀이 흐르기 시작한다.

이어 일반 면장갑보다 서너 배 두꺼운 소방장갑, 헬멧 등 4킬로그램이 넘는 개인보호장구를 착용하니 걸음걸이조차 불편해졌다.

산소통은 압권이었다.

6킬로그램이 넘는 산소통을 어깨에 메니 몸은 반사적으로 앞으로 숙여지고 숨도 가빠졌다.

안면을 모두 덮는 산소마스크를 써보니 거친 숨소리가 그대로 들려왔다.

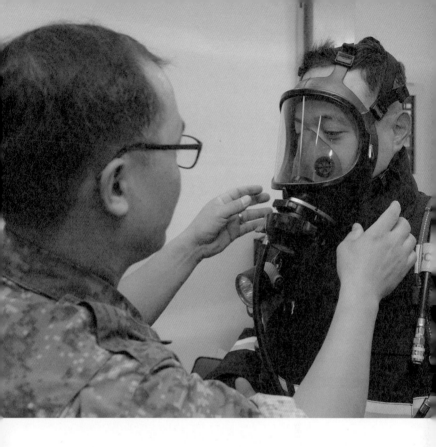

사람을 살리는 군인

소방복을 거의 입었을 때쯤 갑자기 사이렌이 울렸다.

화재가 발생한 것이다.

장병들은 각자 재빨리 움직이더니 순식간에 복장을 착용하고 소방차로 달려 나갔다.

필자도 얼떨결에 뒤를 따라 나갔지만 문제가 발생했다.

소방차는 일반 차량과 달리 높이만 1미터가 넘었다.

산소통까지 어깨에 멘 채로는 올라가는 것마저 쉽지 않았다.

그 사이 필자가 탑승하기로 한 차량을 제외한 나머지 차량들이 사이렌을 울리며 출발했다.

우여곡절 끝에 차량에 올라타자마자 상황은 긴박하게 돌아갔다.

소방차 운전병은 본부_{소방관제탑}와 교신을 시도했다.

화재 위치, 화재 발생 건물의 구조, 화재의 종류를 체크하기 시작했다.

소방관제탑이 정확한 정보를 제공해주지 못하면 화재 진압 작전이 어려워질 뿐 아니라 아예 불가능할 수도 있다. 그럴 경우 화재는 2차 사고로 연결되어 더욱 큰 피해를 불러올 수 있다. 소방관제탑의 정확한 지시가 중요한 이유 또 1가지는 화재의 종류에 따라 화재를 진압하는 방식이 달라지기 때문이다. 물리적 화재인지, 화학적 화재인지에 따라 진압 방식은 다르다. 이때 정확한 화재의 성격을 알면 그만큼 신속하게 진압할 수 있다.

화재가 발생한 곳은 장교들의 독신자숙소이다.

소방구조장병들은 도착하자마자 한마디 대화도 나누지 않고 재빨리 움직였다.

서로 자신이 할 일을 명확히 알고 있기 때문이다.

이것은 그만큼 훈련되어 있지 않으면 할 수 없는 일이다.

장병들은 앞에 서 있는 소방차의 소방호스를 뒤 소방차에 연결했다.

소방차 2대로 불을 진압하기보다는 1대에 소방용수를 공급하는 것이 효율적일 것이라는 판단에 따른 행동이다.

장병들은 진압을 위해 소방호스를 잡고 일렬로 진입하기 시작했다.

소방호스의 압력은 9kg/cm^2 이상이다. 제곱센티미터미터가 아니라 센티미터다에 9킬로그램의 압력이 가해지는 것이다. 소방호스의 압력이 세다는 것은 그만큼 그것을 통제하기도 힘들다는 뜻이다. 부단한 훈련과 체력을 길러야 소방호스를 의지대로 다룰 수 있는 것이다.

필자는 두 번째에 합류했다.

맨 앞에 서 있던 장병은 물이 발사가 되면 압력으로 인해 뒤로 밀릴 수 있기 때문에 자신을 어깨로 밀어 버텨줘야 한다고 했다.

긴장한 탓인지 소방헬멧 안에서의 숨소리는 점점 더 거칠어지기 시작했다.

화재가 발생한 방에 다가서자 장병들은 멈췄다.

맨 앞에 서 있던 장병은 손으로 문의 표면을 만지기 시작했다.

불길이 문에서 얼마나 떨어져 있는지 확인하는 것은 물론, 문을 갑자기 열면 산소가 급작스럽게 들어가 오히려 불길에 당할 수 있기 때문이다. 이것을 역류현상back draft라고 한다. 제법 오래전 영화인 〈분노의 역류〉에서 이러한 역류현상의 공포를 간접적으로나마 체험할 수 있다. 영화에는 신참 소방대원이 화재 진압 현장에서 이런 절차 없이 벌컥 문을 열었다가 거대한 불길이 폭발하며 사고를 당한 장면이 있다. 단순히 불길만 솟아나는 것이 아니라 문이 부서지거나 각종 집기가 폭발에 의해 튀어나올 수도 있기 때문에 역류로 인한 폭발은 소방대원들이 가장 경계하는 것이기도 하다.

안전을 확인하고 문을 열자마자 진압이 시작됐다. 뿜어져 나오는 물의 압력은 어마어마했다. 진입을 시도하던 장병은 천장을 먼저 살폈다. 혹시 모를 붕괴사고를 감지하기 위해서였다. 실제로 화재 현장에서 가장 위험한 것이 붕괴사고이다. 아무리 튼튼하게 지은 건물이라 해도 지속적으로 고열에 노출되면 구조가 변경되기 때문이다. 이때 건물 천장이나 벽이 쉽게 무너진다.

　이어 선두에 섰던 소방 장병은 의식불명의 환자를 발견하고 밖에 업고 나와 소방마스크를 벗더니 응급조치에 들어갔다.

　필자는 순간 놀랐다.

　맨 앞에서 화재진압을 하던 장병이 바로 여군이었기 때문이다.

　두꺼운 방화복을 착용하고 있어서 여군일 것이라 생각하지 못했다.

　아니, 그것보다는 무거운 장비와 소방호스를 자유자재로 다루는 모습을 보며 당연히 힘 좋은 남성임을 의심하지 않았던 것이다.

　훈련을 모두 마치자 뜨거운 아스팔트 위 아지랑이가 눈에 들어왔다.

　찌는 듯한 더위도 불길을 잡는 이들의 열기 앞에서는 마냥 힘이 없어 보였다.

　공군을 지키는 힘은 이들에게서 나오는 듯했다.

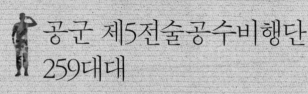

공군 제5전술공수비행단
259대대

적진도 상관없는 보급 전투

　전쟁의 승부는 보급에서 갈린다. 아무리 전황이 좋다 하더라도 전투에 필요한 보급품이 제때 조달되지 않으면 불리한 상황에 처할 수밖에 없다. 또한 전쟁터에서 적에게 둘러싸여 보급이 끊기면 적에게는 '독 안에 든 쥐' 꼴이 된다.

　전군에서 유일하게 이 '독 안에 든 쥐'에게 보급품을 전달할 수 있는 부대가 있다. 어느 곳이든 장갑차, 지휘관 차량, 식량, 의료품들을 보급한다. 민간 택배회사보다 정확하고 퀵서비스보다 빠르다. 이들을 만나기 위해 경남 김해에 위치한 공군 제5전술공수비행단 259대대를 찾았다.

이것이 전투 포장이다

전투비행단은 김해공항 안에 위치해 있다. 따라서 활주로에는 민간 항공기도 자유롭게 이착륙하고 있었다. 259대대는 공군의 최강 특전사라 불리는 공정통제사COMBAT CONTROL TEAM(CCT)중대가 적진의 한가운데 보급로를 확보하면 공정화물의장중대이하 의장중대에서는 보급품을 포장하고, 이를 적진에 떨어뜨리는 수송편대인 비행 1, 2편대로 구성된다.

부대 관계자의 설명에 따르면 보급작전은 간단해 보였다. 눈으로 확인하기 위해 의장중대가 위치한 의장중대 작업장을 찾았다.

175평 크기의 작업장에는 의장중대 7명의 장병들이 보급품 포장에 한창이었다. 의료품, 유류 등 다양한 품목은 낙하산을 하나씩 멘 채 대기 중이었다.

보급품은 무게에 따라 크게 1,143킬로그램 이상은 중장비Heavy Equipment(HE), 226~997킬로그램은 용기화물Container Delivery System(CDS), 226킬로그램 이하 소형화물Bundle(BDL)로 구분한다.

무게에 따라 떨어지는 속도도 달라지기 때문에 장착되는 낙하산의 종류도 틀리다. 보급품의 무게중심에 따라 낙하산의 장착 위치도 달라진다.

작업 중인 차량 포장에 동참했다.

포장 방법은 총 6단계로 구분된다.

알루미늄으로 만들어진 밑받침을 깔고, 충격흡수를 위한 완충제를 설치한다.

무게중심을 고려한 보급품 배치, 보급품 고정, 낙하산 설치, 지상 착지 때 화물이 뒤집히는 것을 막기 위한 분리대 설치로 이루어져 있다.

차량 바닥에 알루미늄 판을 깔고 충격 흡수를 위해 5센티미터 두께의 골판지를 차량축 밑에 깔았다.

차량과 밑받침을 끈으로 고정하기 위해 차량 밑 부분으로 몸을 밀어 넣었다.

밑받침과 차 바닥 공간의 높이는 30센티미터도 되지 않았다.

들어가기도 힘든 공간에서 끈을 고정시키기 위해 안간힘을 써보지만 쉽지 않았다.

요령이 없었던 탓이다.

끈 하나를 메기 위해 찜통더위 속에서 5분간 실랑이를 하자 온몸은 금세 땀으로 범벅이 됐다.

차량은 중장비에 속한다. 차량 1대를 포장하는 데만 100여 개의 매듭과 140여 가지의 고리가 필요하다. 하나라도 소홀히 하면 투하 도중에 낙하산, 밑받침, 보급품이 각각 분리돼 대형사고로 이어질 수 있다. 차량 1대를 포장하는 데 교관 4명이 작업해 5시간이 걸렸다. 간단해 보이던 차량 포장에 하루가 지나갔다.

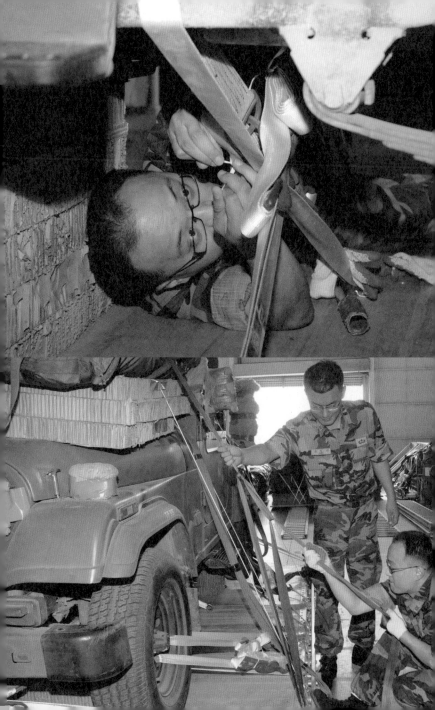

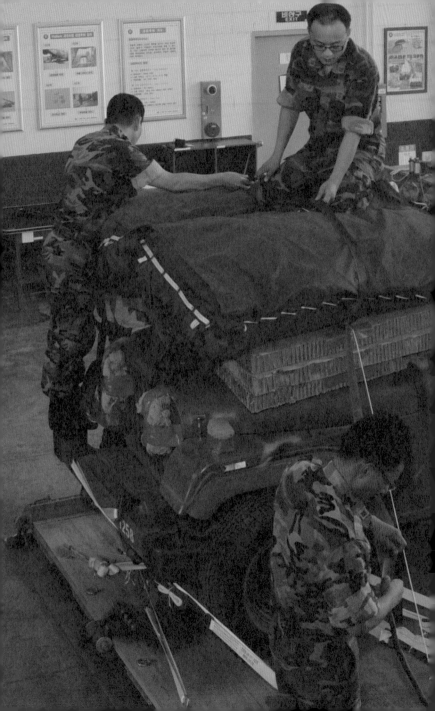

세계 최고의 보급품 투하 능력

의장작업장에서 500미터 떨어진 활주로에 C-130 수송기가 서 있었다. 보급품 적재를 위한 적재사 대원 5명도 대기 중이었다. 이들의 임무는 포장을 한 보급품을 수송기에 싣는 것이다. 가로 2.7미터, 세로 12미터 정도인 수송기 내부를 보니 작업이 만만치 않게 느껴졌다.

수송기 내부는 기찻길처럼 레일이 깔려 있었다. 보급품을 적재할 때는 가벼운 것부터 무거운 것 순으로 적재한다. 이는 보급품을 낙하하는 순서와도 관련이 있다. 가벼운 보급품을 마지막에 실으면 가벼운 보급품을 먼저 떨어뜨리고, 무거운 보급품을 나중에 떨어뜨리게 된다. 이때 뒤따라 낙하하는 무거운 보급품이 가벼운 보급품을 덮쳐 보급품 전체가 파손될 수도 있다.

수송기는 최적의 지점에 도착하자 급하강하더니 지상 100미터

지점에서 수송기 뒷문을 열었다. 안전보호조끼를 입고 보급품 가까이 다가서자마자 보급품은 수송기 밖으로 빨려나갔다.

적재사 김경탁 중사는 "체크리스트 항목은 화물 고정 상태 등 10여 가지만 되지만 적재에 따라 작전 성공 여부가 달려 있어 긴장감을 늦출 수 없다"고 설명했다.

보급품을 지상에 투하할 때 낙하산만 펴지고 보급품이 그대로 남는다면 수송기는 중심을 잃어 추락할 수도 있다.

적재를 마친 후 전술훈련을 할 수송기 화물칸에 적재사들과 동승했다.

귀마개를 했음에도 불구하고 이륙 전 수송기의 굉음은 가슴까지 두근거리게 만들었다.

비행을 시작하고 10분 정도 지나고나니 낙동강이 한눈에 들어왔다.

이날 투하 지역은 경남 의령군 낙서면에 위치한 낙동강변이었다.

폭 500미터, 길이 1킬로미터의 강변에 공중통제사가 표시한 지점에 정확히 투하해야 한다.

수송기는 적의 대공포를 피해 전술비행을 시도했다.

수송기가 60도가량 몸을 기울여 비행하는가 하면 산과 산 사이 골짜기를 피해 비행을 했다.

급하강은 물론 급상승 비행도 시도했다.

몸을 가누는 것은 불가능했고 어지러움에 앉아 있기조차 힘들었다.

수송기 조종사들은 미리 침투한 공중 통제사들이 불러준 풍향, 온도 등을 공중투하 계산프로그램CARP에 적용했다. 최적의 지점에 도착하자 급하강하더니 지상 100미터 지점에서 수송기 뒷문을 열었다. 보급품은 수송기 밖으로 빨려나갔다. 공중통제사가 피워놓은 연막탄 주변 10미터 안으로 정확히 낙하했다. 지난해 세계 공군들

이 보급품 투하 실력을 겨루는 국제 로데오대회에서 최우수외국팀 상을 받은 실력을 여과 없이 보여줬다.

임무를 마치고 안도의 한숨과 함께 조종실을 방문했다.

하지만 조종사들은 또 다른 전술비행을 위해 남해로 향하고 있었다.

전방이 훤히 보이는 바다를 보면서 급하강과 급상승, 선회비행을 이어갔다.

울렁증은 극에 달하고 입 밖으로 모든 게 나올 것 같았다.

비행장에서는 착지하는 순간 다시 이륙하는 훈련을 계속해나갔다.

이날 비행시간은 총 1시간 40분에 이동거리만 514킬로미터였다.

땅을 밟는 순간 적지에 귀중한 보급품을 전달했다는 뿌듯함과 함께 뜨겁게만 느껴졌던 아스팔트가 반가웠다.

이들은 날씨와 상관없이 어디든 갔다. 육군, 해군, 공군 구분 없이 적진에서 적과 맞싸우고 있는 우리 전우들을 위해.

공군 제6탐색구조비행전대

적진 한가운데 고립된 조종사의 '나이팅게일'

임무 수행 중인 공군 전투기가 적의 지대공 미사일에 맞아 추락했다. 공군 본부엔 당장 비상이 걸렸다. 다섯 시간 후 희소식이 날아들었다.

비상 탈출한 조종사로부터 암호 통신을 받은 것이다. 전투기는 적진 한가운데 저수지에 추락했고, 조종사는 골절상을 당해 인근 야산에 낙오돼 있다는 메시지였다.

공군 제6탐색구조비행전대 특수구조사SART 투입이 즉각 결정됐다. 이들의 임무는 전투기의 블랙박스를 회수하고 조종사를 구해 적진을 빠져 나오는 것이다.

공군 제6탐색구조비행전대는 한반도 전역의 탐색 구조 임무를 수행하는 특수부대이다. 주로 적지 혹은 추락한 전투기 조종사를 구해오는 임무를 맡고 있다. 따라서 이들은 비행훈련보다는 침투 및 구조훈련에 더 철저하다.

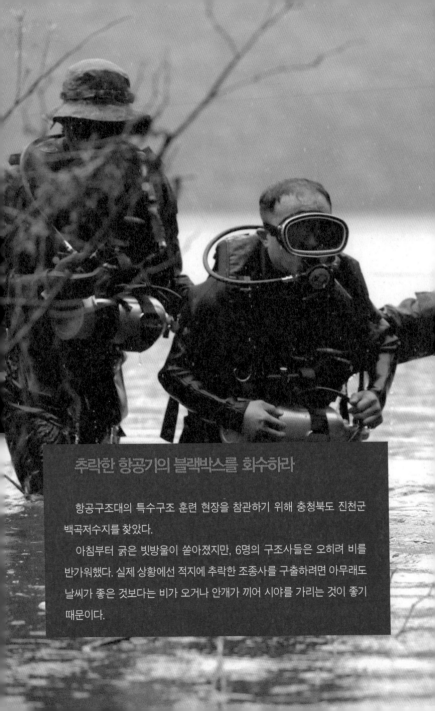

추락한 항공기의 블랙박스를 회수하라

항공구조대의 특수구조 훈련 현장을 참관하기 위해 충청북도 진천군 백곡저수지를 찾았다.

아침부터 굵은 빗방울이 쏟아졌지만, 6명의 구조사들은 오히려 비를 반가워했다. 실제 상황에선 적지에 추락한 조종사를 구출하려면 아무래도 날씨가 좋은 것보다는 비가 오거나 안개가 끼어 시야를 가리는 것이 좋기 때문이다.

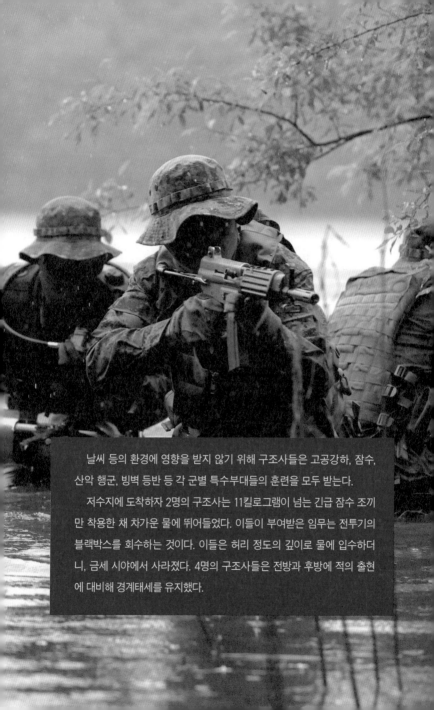

날씨 등의 환경에 영향을 받지 않기 위해 구조사들은 고공강하, 잠수, 산악 행군, 빙벽 등반 등 각 군별 특수부대들의 훈련을 모두 받는다.

저수지에 도착하자 2명의 구조사는 11킬로그램이 넘는 긴급 잠수 조끼만 착용한 채 차가운 물에 뛰어들었다. 이들이 부여받은 임무는 전투기의 블랙박스를 회수하는 것이다. 이들은 허리 정도의 깊이로 물에 입수하더니, 금세 시야에서 사라졌다. 4명의 구조사들은 전방과 후방에 적의 출현에 대비해 경계태세를 유지했다.

필자도 체온을 보온할 수 있는 드라이슈트와 긴급 잠수 조끼를 착용하고 저수지에 발을 담갔다.

낚싯바늘, 쓰레기 등으로 가득 찬 저수지에선 한 걸음 걷기도 쉽지 않았다.

5미터 정도 전진하자 몸이 갑자기 뜨더니 발이 바닥에 닿지 않았다.

물속에서 균형을 잃자 일종의 공황 상태에 빠졌다.

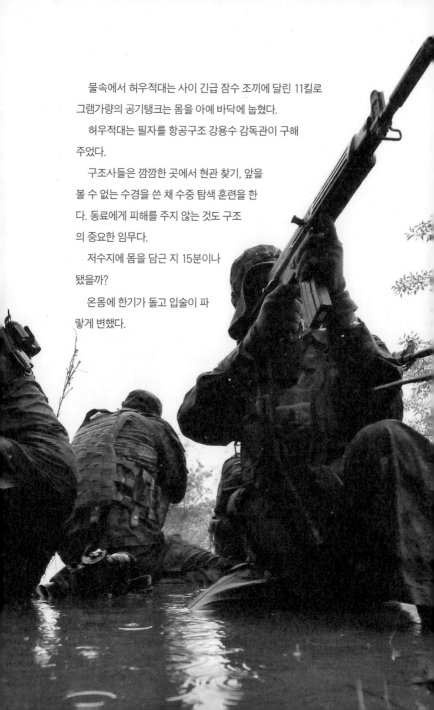

물속에서 허우적대는 사이 긴급 잠수 조끼에 달린 11킬로
그램가량의 공기탱크는 몸을 아예 바닥에 눕혔다.

허우적대는 필자를 항공구조 강용수 감독관이 구해
주었다.

구조사들은 깜깜한 곳에서 현관 찾기, 앞을
볼 수 없는 수경을 쓴 채 수중 탐색 훈련을 한
다. 동료에게 피해를 주지 않는 것도 구조
의 중요한 임무다.

저수지에 몸을 담근 지 15분이나
됐을까?

온몸에 한기가 돌고 입술이 파
랗게 변했다.

때마침 잠수를 마친 구조사가 수면 위로 떠올랐다.

가상의 전투기 블랙박스를 회수한 것이다.

옷을 갈아입을 틈도 없이 40킬로그램이 넘는 군장을 메고 길도 없는 산으로 이동했다.

부상당한 조종사를 찾아 나서기 위해서다.

산속에서의 수술과 구조

부상 조종사를 찾아나서는 것은 아무나 할 수 있는 일이 아니었다. 산속을 헤매는 것은 물론이고, 경우에 따라선 땅을 파고 잠을 자야 하는 상황도 생길 수 있다. 어쩔 수 없이 이들을 오전에 다시 이들을 만나러 찾았다. 마중 나온 구조사는 조그마한 마을길을 오르더니 산길 옆 숲 안으로 들어갔다. 산길을 이용하면 외부에 자신들이 노출된다는 것이다. 이들은 늘 적진에서 활동한다. 따라서 무엇보다 외부에 노출되지 않는 것이 가장 중요하다.

밤새 내린 비로 40도 경사의 산비탈은 미끄럼틀처럼 느껴졌다.

맨몸으로 한 번밖에 오르지 않았지만 숨은 턱 끝까지 차오르고 종아리에 통증이 몰려왔다.

하지만 구조사는 40킬로그램 군장을 메고도 숨소리가 평소와 똑같았다.

구조사의 체력에 혀를 내두를 수밖에 없었다.

　김광수 상사는 "구조사는 완전군장과 80킬로그램의 성인을 메고 200미터 이상을 걸어야 하는 체력 테스트를 받는다. 지금은 이미 우수 체력을 보유한 인원만 뽑지만 지원 후 훈련을 시킨 2009년 이전에는 교육 기간 중도 탈락률이 38퍼센트나 됐다"고 말한다.

　도착한 곳은 600미터 높이의 만뢰산 정상 부근이다. 전투기 조종사는 8미터 높이의 소나무에 매달려 있었다. 다른 특수부대와 달리 구조사의 진가가 발휘되는 순간이었다.

　6탐색구조비행전대 20여 명의 구조사들 중 90퍼센트가 1급을, 10퍼센트는 2급 응급구조사 자격증을 갖고 있다. 1급은 심폐소생술 이외에 심각한 외상에 대한 응급처치도 가능하다.

　구조사는 밧줄을 이용해 나무 꼭대기에 올라 조종사의 상태를 살폈다.

　혹시나 모를 척추 손상을 막기 위해 목에 고정대를 바치고 서서히 끌어내렸다.

　내려온 조종사는 다리와 팔에 골절 등 외상이 심각했다.

　구조사는 메고 있던 구급장비함에서 멸균생리식염수를 꺼내 혈관에 주사기로 주입했다.

　출혈이 심해 혈압이 떨어지는 것을 방지하기 위해서다.

　응급실 의사를 연상할 정도로 빠른 손놀림이었다.

　현장에서 봉합수술도 곧바로 진행됐다.

　조종사를 간이 이동대에 옮긴 후 산 정상으로 이동해 구조를 요청했다.

30분 후 HH-60 블랙호크 수송헬기가 모습을 드러냈다.
조종사는 엄지손가락을 치켜세우며 헬기에 탑승했다.

우리나라의 공군 구조사는 지난 2008년부터는 미군 구조도 전담하고 있다. 자국군의 안전에 대해선 지독할 정도로 챙기는 미군이 왜 한국군에게 자국 군인의 생명을 맡겼는지 충분히 납득할 수 있다.

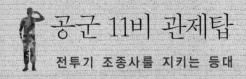

공군 11비 관제탑
전투기 조종사를 지키는 등대

1977년 3월 27일 스페인 테네리페에 위치한 로스 로데오 공항에서 사상 최악의 항공 사고가 발생했다. 착륙하던 미국의 팬암panam 사 항공기와 이륙하던 네덜란드 KLM 항공사 보잉 747기가 부딪혀 총 583명이 사망한 것이다.

사고 원인은 항공기의 이착륙을 통제하는 관제탑의 단순한 실수였다. 관제탑의 판단에 따라 민항기 사고는 물론 군 작전도 실패로 끝날 수 있는 것이다.

먼 길 떠나 돌아오는 항공기들의 등대

공항 관제사 임무를 체험하기 위해 한국 공군의 최신예 전투기 F-15K가 배치된 대구 비행장을 찾았다.

대구 비행장에서는 공군 최신예 전투기는 물론 하루 평균 22편의 국내외 민항기가 이착륙한다. 항공기의 이착륙이 많은 만큼 비행장은 활주로 끝이 보이지 않을 만큼 큰 규모를 자랑했다.

부대 입구부터 관제탑까지 가는 데만 승용차로 10분을 달려야 했다.

관제탑이 위치한 활주로에 들어서자 '기동구역'이라는 빨간색 경고문이 눈에 들어왔다.

안내 장교는 "부대 장병들조차 출입이 금지되는 구역"이라면서 "일반인이 출입한 것은 이번이 처음"이라고 귀띔했다.

8층 높이의 관제탑은 마치 바다 한가운데 떠 있는 등대 같았다.
가파른 계단을 올라 8층에 가보니 10평 남짓한 공간이 나왔다.
관제실이었다.
사방이 유리로 둘러싸여 공항을 한눈에 볼 수 있었다.
전방에는 팔공산의 풍경도 펼쳐졌다.

필자가 "전망이 좋은 곳에서 근무해 좋지 않느냐"고 말을 꺼내는
순간 활주로를 살피던 관제사들의 얼굴이 굳었다. 민항기 1대가 착
륙을 위해 동쪽 상공에서 모습을 드러내기 시작한 상황에 차량 1대
가 활주로를 가로지르고 있었기 때문이다. 관제사는 급히 통제실에
연락해 인도Follow me차량을 출동시켰다. 금세 노란색 차량이 활주로
한쪽에서 쏜살같이 달려 나와 차량을 활주로 한쪽으로 인도했다.
이어 민항기는 한쪽 활주로에서 바퀴에 연기를 뿜으며 착륙했다.

조영욱 선임관제사는 "관제탑은 이륙 1분, 착륙 2분을 지칭하는 '마의 3분'에 가장 중요한 역할을 한다. 이륙할 때보다 활주로와 충돌하는 착륙 때 사고 발생 확률이 높다"고 덧붙였다.

관제사들은 수시로 활주로의 마찰력을 측정해 비행 조종사에게 통보한다. 비와 눈이 오면 활주로에 마찰력이 줄어 이착륙 거리가 더 길어지기 때문이다.

관제사들은 새털구름, 양털구름 등 27가지 구름의 모양과 색깔을 보고 기상을 관측했다. 조 관제사는 하늘을 보더니 "오늘 날씨는 좋을 것 같아 다행이지만 비행기의 가장 무서운 적 중에 하나인 새 떼도 조심해야 한다"고 했다. 새 떼가 항공기 엔진에 빨려 들어가거나 충돌할 경우 대형사고가 발생할 수 있어 긴장해야 한다는 것이다.

전투기 조종사들의 조종사

관제탑 안에는 알 수 없는 용어들이 나열된 모니터 4대가 있었다. 이 중 기능을 눈치 챌 수 있는 모니터는 레이더뿐이었다. 천정에 매달려 있는 레이더는 모두 6개의 원으로 그려져 있었다. 원 하나마다 관측 가능한 거리는 40킬로미터이다. 따라서 모니터는 반경 240킬로미터 상공에 떠 있는 항공기를 모두 보여주고 있는 셈이다. 레이더에는 4자리 고유식별번호를 꼬리표처럼 달고 조금씩 움직이고 있었다.

김영길 관제대장은 "고유식별번호 하나만으로 민항기와 군용기,

적기와 아군기를 모두 구분할 수 있다. 대구 비행장 관제권인 반경 8킬로미터, 고도 1.2킬로미터 외에 적기가 출연하면 방공관제사_{MCRC}에서 통보해준다"고 말했다.

동쪽 활주로 끝에서 반짝이는 물체가 보였다. 우리 공군의 F-15K 4대가 이륙을 위해 일렬로 서자 조종석 유리에 햇빛이 반사된 것이다. F-15K 조종사는 관제사와 통신을 하더니 활주로 끝에서 달려오기 시작했다. 마치 육상선수가 100미터 레인을 달려오는 듯했다.

F-15K는 관제탑 앞에서 눈 깜짝할 사이에 솟아올랐다. F-15K의 이륙 거리는 민항기의 절반에 불과하다. 굉음이 관제탑의 유리 창문을 뒤흔들었다. 대구 비행장에서 이륙한 F-15K는 작전 반경만 1,800킬로미터에 달해 울릉도는 물론 최남단 마라도, 서해 북방한계선NLL까지 작전을 수행한다.

제아무리 최신예 전투기라고 하더라도 착륙할 때면 어김없이 관제사의 통제에 따라야 한다. 밤이 어두워지자 불을 밝힌 관제탑은 그야말로 등대처럼 보였다. 대구 비행장 관제탑은 대한민국 영공을 지키는, 잠들지 않는 등대였다.

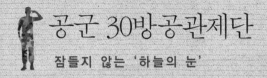

공군 30방공관제단

잠들지 않는 '하늘의 눈'

북한은 천안함 폭침에 이어 연평도 포격 도발을 자행했다. 우리 군 당국은 군사적 긴장감에 북한의 동향을 감시하는 데 초점을 맞췄다. 언제 일촉즉발의 상황이 일어날지 모르기 때문이다. 공군도 북한 상공에 떠 있는 모든 미확인 물체를 놓치지 않고 추적하고 있다.

해발고도 1,700미터의 추위와 싸우며 경계 근무를 서고 있는 이창윤 이병은 말한다.

"사회에 있을 때 천안함 사건이 터졌는데 군에 오니 또 연평도 도발이 일어났다. 우리들이 추위 속에서 근무를 서기 때문에 부모님이 오늘도 편안함 밤을 보낼 수 있는 것 아니겠느냐."

해발고도 1,700미터의 추위와 싸우다

1월 1일 새해 첫날 강원도 평창군 대관령에 위치한 '하늘의 눈' 공군 30방공관제단 예하 8785대대를 찾았다. 대관령 1,700미터 고지에 있는 부대는 찾아가는 길마저 고난이었다.

하필이면 한겨울이었다.

휘몰아치는 눈보라는 백색공포를 일으키기에 충분했다.

발이 묶였다.

일반 승용차량으로는 진입할 수 없었다.

돌아갈까?

눈 덮인 먼 산만 바라보았다.

마침 부대에서 사륜구동차를 몰고 마중 나왔다.

산 밑에서 부대까지 올라가는 데도 40분이 넘게 걸렸다.

차를 탔지만 편한 길이 아니었다.

길은 울퉁불퉁하고 군데군데 패였으며 미끄러지기 일쑤였다.

평창 시내에서는 볼 수 없던 눈이 점점 더 굵어지기 시작했다.

눈은 그저 쌓이기만 하지 않았다.

땅에 닿으면서 얼고 그 위에 다시 눈이 쌓였다.

이렇게 쌓인 눈이 최고 2미터 높이까지 올라가는 경우도 많단다. 눈길이 험악하다보니 간부들은 트럭을 버스로 개조한 일명 '뻐럭'을 타고 출퇴근한다. 25명이 탑승할 수 있는 뻐럭은 2대를 운영한다. 눈이 많이 오는 날에는 아예 운행을 하지 못하며, 어떤 경우 부대원이 이틀 정도 고립되는 경우도 생긴다. 하지만 이 차량은 보기보다 훨씬 더 안전하다. 차량 무사고 기간은 무려 28년 5개월에 달하며, 앞으로 계속 이어질 것으로 보인다.

부대에 도착하니 입이 딱 벌어졌다.

엄청난 추위에 한번 놀랐는데 온통 하얗게 뒤덮인 장엄한 풍경에 또 한 번 놀란 나머지 가슴이 벅차올랐다.

차에서 내려 차문을 닫으려고 손잡이를 잡자 손바닥이 쩍쩍 소

리를 내며 달라붙었다.

이날 온도는 영하 15도지만 체감온도는 영하 28도에 달했다. 가장 추운 날에는 영하 30도까지 떨어져 남극 세종기지의 추위와 똑같아진다고 한다.

이날은 추위에 질려 도저히 경계 근무를 설 엄두가 나지 않았다. 일찍 잠을 청하고 새벽 근무를 서겠다고 했다.

하지만 쪽잠을 잔 뒤 눈을 뜨고 나서는 후회가 앞섰다.

새벽 3시 따뜻한 이불에서 나와 방한복을 완벽하게 착용했지만 건물 밖을 나가자마자 숨이 턱 막혔다.

새벽 기온은 영하 22도, 체감온도로는 영하 33도였다.

초속 20미터로 부는 바람은 아예 말문을 닫게 만들었다.

찢어지는 듯한 바람 소리 탓에 옆 사람 말소리조차 들리지 않았다.

50미터 떨어진 초소까지 움직이는 동안 발도 땅에 붙어 얼어붙었는지 천근만근이었다.

잠들지 않는 '하늘의 눈'

장병들은 바람을 피할 수 있는 1평 남짓한 공간에서 하루 4시간씩 근무를 선다. 영하 25도 이하로 떨어지면 근무 시간은 줄어든다.

태양이 떠오르는 아침 7시에 근무를 마치고 숙소로 돌아갈 때는 손이 움직이지 않았다.
가죽장갑이 얼어서 딱딱해진 것이다.

온몸의 뼈마디가 추위에 얼어붙어 구석구석이 아파왔다.

하지만 장병들은 그 추위에도 내색 한번 하지 않고 숙소로 돌아와 뜨거운 보리차로 몸을 녹이기 시작했다.

몸을 녹이는 사이 교대 근무를 하기 위해 간부들이 부대로 출근했다.

이 부대에서 운영하는 FPS-117 위상배열레이더는 잠들지 않는 '하늘의 눈'이다. 돔 안에서 제자리를 맴도는 레이더는 가로 5미터, 세로 8미터 크기의 철판 형태로 12초에 1바퀴씩 돈다. 1바퀴를 돌 때마다 400킬로미터 범위 200개 이상 목표를 동시에 화면에 띄워준다. 영화의 한 장면처럼 초록색 실선이 360도로 돌아가면서 상공에 위치한 물체를 표시해준다.

하지만 전국 20곳의 레이더 기지에서 자료를 받는 오산과 대구에 위치한 중앙방공통제소MCRC에서는 깜박이는 물체가 아닌 실시간으로 움직이는 물체로 감지된다.

또 레이더에 잡힌 물체가 응답을 하지 않을 경우 네모, 아군 비행체처럼 자동응답을 할 경우에는 네모 안에 삼각형이 추가로 그려진다. 위상배열레이더는 잠시도 쉬지 않는다. 쉬는 경우는 정기 점검 때와 번개 칠 때가 유일하며, 점검 기간도 상급부대의 지시 아래 실시된다. 이렇기 때문에 평소에는 컴퓨터 자체에서 정기점검을 하며 육안으로 스파크 등을 정기적으로 체크해야 한다.

레이더반장 조승구 원사는 "위상배열레이더는 북한이 교란하더라도 최적의 주파수를 자동으로 찾는 등 전자전 대응 능력이 충분히 갖춰진 장비로, 24시간 운영되기 때문에 한시도 눈에서 뗄 수가 없다"고 강조한다.

1,700미터 고지에서 내려오면서 추위와 어둠 속에서 우리를 지키는 든든한 장병들을 떠올리면서 그들의 건강과 축복을 마음속으로 빌었다.

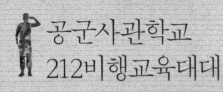

공군사관학교
212비행교육대대

탑건을 꿈꾸는 햇병아리 조종사

필자는 군대를 '체험'한다. 수많은 군부대에서 유격훈련도 받고 전차도 타보았다. 최첨단 과학화훈련을 참관하기도 했고 해병대와 함께 지옥의 IBS 훈련도 받았다. 그럼에도 부대 체험을 할 때마다 늘 새롭다. 특히 이번 체험은 유난히 설렌다. 지금까지 받은 훈련은 바다든 육지든 두 발로 가기만 하면 할 수 있는 체험이었다.

그러나 이날 찾아간 곳은 두 발이 땅에서 떨어져야 하고, 자칫 정신을 잃을 수도 있는 위험한 체험이었다.

공군사관학교는 '조종' 분야와 '정책' 분야로 나누어 신입생을 모집한다. 조종은 정책보다 신체 조건이 좋아야 한다. 생도 생활을 마친 뒤에도 1년 반 이상의 비행훈련을 수료해야만 조종사가 될 수 있다. 이처럼 오랜 시간 훈련을 해야 하기 때문에 공군에서 전투기 조종사 1명을 양성할 때 수십억 원의 예산이 드는 것이다.

최고의 조종사가 되기 위해

가랑비가 내리는 오전 8시에 충청북도 청주시에 도착했다.

전투기 조종사가 되기 위해 반드시 거쳐야 한다는 공군사관학교 예하 212비행교육대대를 찾았다.

제대로 이륙이나 할 수 있을까 하는 두려움에 몸이 떨렸다.

게다가 내리는 비 때문에 걱정이 앞서기 시작했다.

마중 나온 정훈장교가 "비행 훈련에는 큰 지장이 없다"고 했지만 쉽사리 걱정은 가시지 않았다.

이날 탑승할 훈련기는 T-103이다. 러시아제로 대한민국 공군이 지난 2004년부터 불곰사업으로 들여온 초등 훈련기였다. 총 23대 가 조종사 양성에 쓰이고 있다. 대당 16만 달러 정도로 가격에 비해 훈련 효과가 매우 높은 기종이다. 또 랜딩기어가 튼튼한 덕분에 '급 조한' 활주로에서도 운용할 수 있다.

대대 관계자는 T-103의 안전운행 기간이 15년으로, 앞으로도 공 군의 주력 훈련기로 이용될 것이라 강조했다. 조작 실수로 위험한 상황이 발생하더라도 회복 능력이 우수해 훈련에 적합한 기종이다.

설명을 듣고 비행 '짝꿍'을 만나기 위해 교수실을 찾아갔다.

교수실에서는 정명훈 교수가 교육생인 최지영 소위에게 이착륙 이론을 한창 설명하고 있었다.

어려운 전문용어가 난무했다.

필자의 귀에는 "비행기의 착륙과 이륙은 모두 자세가 같다"는 말

만 들렸다.

공군사관학교 4학년 생도가 전투기 조종사가 되기 위해서는 우선 이곳에서 11주간 입문 과정을 수료해야 한다. 이어 KT-1 훈련기의 기본 과정과 T-50 초음속 훈련기의 고등 과정 등 총 28개월의 과정을 이수해야만 명실상부한 전투기 조종사가 된다. 입문 과정에서 훈련생의 20~25퍼센트가 탈락한다.

활주로에 도착하니 하얀색 T-103이 비를 맞으며 기다리고 있었다.

고막을 찢는 굉음을 내고 있는 훈련기는 마치 곧바로 하늘로 치솟을 듯했다.

훈련기 내부는 일반 승용차와 비슷했다.

공간이 넓어 불편함이 없어 보였다.

위험 상황에 대비해 교관도 조종간을 움직여 비행할 수 있도록 돼 있었다.

빨간 머플러의 의미

"44 Cleared For Take-off."

관제탑의 이륙 명령이 떨어졌다.

훈련기는 엔진 출력을 급격히 높였다.

곧이어 몸이 좌석 뒤로 밀렸다.

비행기는 사뿐히 활주를 차고 날아오르기 시작했다.

여객기와는 달리 이륙 때의 충격이나 빠른 속도가 몸에 그대로 전달됐다.

순식간에 창공으로 치솟은 훈련기는 대통령이 별장으로 이용했다는 청남대 위를 날고 있었다.

관광 비행은 여기까지였다.

비행기는 눈 깜짝할 사이 기동훈련이 가능한 1,500미터 상공까지 올라갔다.

단독 비행을 할 수 있는 최 소위에게 조종간을 맡겼다

이어 "DIVE & ZOOM"을 지시했다.

"급강하하라"는 지시 같았다.

어리둥절해하고 있는 사이 훈련기는 갑자기 머리를 숙이더니 100미터 아래로 급강하했다.

온몸의 피가 머리끝까지 올라갔다. 현기증이 났다.

정신도 차리기 전에 훈련기는 다시 급상승했다.

신체가 느끼는 중력가속도가 최대 4G중력의 4배라고 했다.

놀이공원의 '바이킹'을 탈 때 중력가속도가 최고 2G인 점을 감안한다면 결코 만만치 않은 가속도였다.

문제는 이뿐이 아니었다.

고소공포증이 있는 탓에 등줄기에서 식은땀이 비 오듯 쏟아졌다.

곧이어 무동력 비행 훈련이 계속됐다.

말 그대로 비행 도중 엔진을 멈추는 것이다.

시동을 끄자 한동안 평행을 유지하던 훈련기는 엘리베이터가 내려가듯 덜컹거리며 떨어지기 시작했다.

곧 프로펠러는 다시 돌아갔지만 고도가 뚝뚝 떨어지는 느낌은 공포 그 자체였다.

필자가 괴로워하자 라 소령은 "이 모든 훈련을 완벽하게 수행해야만 조종사의 첫 단계인 입문 과정을 수료한다"고 설명했다.

순식간에 한 시간 남짓한 비행 시간이 흘렀다.

겨우 정신이 든 필자의 눈에 활주로가 큼지막하게 들어왔다.

비행기 문을 열고 내리니 다리가 후들거렸다.

점심을 먹고 다시 시뮬레이션 훈련을 받았다.

컴퓨터로 이착륙 훈련 등을 하는 과정이었다.

30분이 1분처럼 빨리 지나가버렸다.

교수 남관우

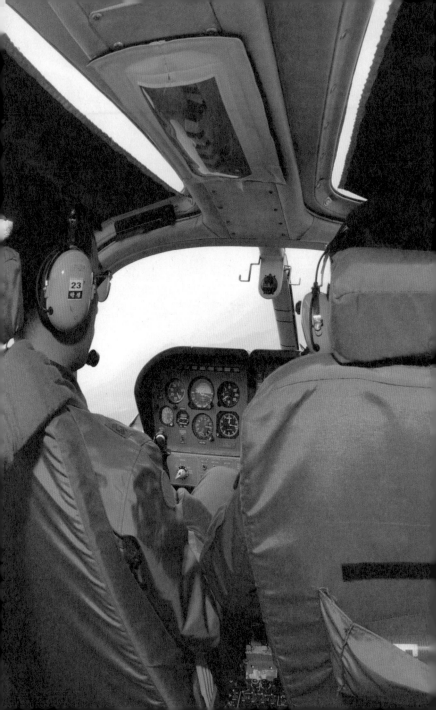

교육생들은 입문 과정의 단독 비행을 마치면 파란 머플러, 기본 과정을 마치면 또 하나의 파란 머플러를 받는다. 고등 과정을 마쳐야만 조종사의 상징인 빨간 머플러를 목에 멜 수 있다. 창공을 지키는 파일럿은 하루아침에 길러지지 않는다는 말을 새삼 실감하고 대대 문을 나섰다.

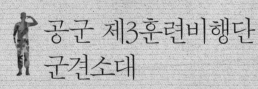

공군 제3훈련비행단 군견소대

악바리 전투요원 군견의 조건

인간의 후각보다 수만 배 발달한 군견은 숲이 우거진 5,000여 평의 산악 지역에서 불과 5분 만에 복표물을 찾아낼 수 있을 정도로 수색, 추격, 탐지 능력이 뛰어나다. 야전에서는 어느 부대원보다도 선두에 나서 수색 진로를 이끌기도 한다. 군견은 수색견, 추적견, 경계견, 탐지견으로 분류되며, 단계별 훈련 등 까다로운 절차를 통과해야 실전 배치가 가능하다.

많은 사람들이 군견이라면 육군이 관리한다고 생각한다. 하지만 국군 군견 1호는 공군에서 배출했다. 특히 대표적인 군견양성기관으로 손꼽을 수 있는 곳은 육군의 제1군견 훈련소와 공군 제3훈련비행단 예하 군견소대다.

군견과 친해지는 게 먼저

호우주의보가 발령된 한여름 경남 사천 공군 제3훈련비행단을 찾았다. 비행단 활주로를 지나 군견소대에 들어서자 군견 28두가 있는 견사장이 눈에 들어왔다. 군견소대 소대장의 안내로 들어간 견사장에는 35킬로그램에 육박하는 군견들이 있었다. 군견들은 낯선 사람을 보자 우렁차게 짖어대며 금방이라도 덤벼들 듯했다.

우선 군견과 친해지는 것이 급선무였다. 군견을 훈련시키는 장병을 지칭하는 핸들러handler는 담당 군견과 여섯 달 정도 친분을 쌓는다. 단시간에 친해지는 것은 무리인 것이다. 같은 소대 장병들도 담당 군견이 아니면 섣불리 명령을 내리지 못한다. 공군 군견은 기지 내 전투기 주기장과 침입자를 막는 야간 순찰임무를 주로 수행한다. 이때도 핸들러만이 행동을 같이 할 수 있다.

핸들러의 지시에 따라 지난해 공군군견경영대회 탑도그Top Dog에 선정된 조커세퍼트, 다섯 살에게 다가갔다.

군견경영대회는 포발물 탐지, 명령 복종, 공격 능력, 체력 능력 네 개 종목을 측정하는 대회로, 탑도그로 선정된 군견은 자연사할 수 있는 영광까지 누리게 된다.

견제하는 조커에게 한 시간가량 몸에 빗질을 해주고 몸을 비벼대니 날카롭던 눈빛을 조금씩 풀고 필자의 채취를 맡기 시작했다.

다음 단계는 기본적인 명령 훈련인 '앉아, 엎드려, 기다려, 따라' 구호에 맞춰 복종하게 만드는 것이다.

하지만 필자가 핸들러가 아니기 때문인지 조커는 전혀 움직이지

않았다.

　군견 조커와 1년여 동안 호흡을 맞춰온 핸들러 김성훈 병장은 설명했다. "평소에는 개의 성격에 대부분 맞춰주지만 언제든 군견을 제압할 줄 알아야 하며, 지금은 눈빛만 봐도 무엇을 원하는지 알 수 있다."

　장난감 공으로 호흡을 맞춘 후 간단한 장애물넘기를 시도해봤다.

　군견보다 일찍 달리거나 늦게 달려서도 안 되며 일정한 거리에서 '뛰어'라는 명령도 내려야 한다.

이러한 훈련을 통해 군견과 핸들러는 호흡을 맞출 수 있으며 기초체력을 쌓는다는 것이다.

장애물 넘기를 재차 반복하다보니 군견의 달리기 속도를 잡지 못해 금세 숨이 차오르고 온몸이 땀으로 범벅됐다.

철저한 신뢰에서 진행되는 훈련

오후에 사료는 주고 친분을 더 쌓은 후 대항군을 향해 공격명령을 내려보기로 했다. 군견 맞은편에서 대항군은 안전복을 착용하고 공격적인 분위기를 조성하는 선동에 들어갔다.

대항군이 공격적인 자세를 취하거나 핸들러를 공격할 듯한 소리를 내자 얌전했던 군견은 앞으로 뛰쳐나갈 듯 전진하려 했고, 핸들러는 지속적으로 공격 명령을 내렸다.

잡고 있는 군견줄은 손바닥에서 미끄러져가고 군견이 이끄는 힘에 몸을 제어하기 버거웠다.

군견 에이스 핸들러인 양성화 병장은 "동물을 좋아해 군견소대에 지원했지만 공격적인 모습을 볼 때면 긴장하게 된다"며 "군견도 사람과 같이 다양한 성격을 가지고 있고 공격 명령 등을 지시할 때는 핸들러와의 호흡과 믿음이 가장 중요하다"고 설명했다.

이번엔 역할을 바꿔 대항군이 되어 군견을 선동해보았다.

오전까지만 해도 친근하게 느껴졌던 조커에게 위협적인 행동을 가하자 금세 미간을 찌푸리고 날카로운 이빨을 드러냈다.

좀더 다가가자 흥분한 조커는 앞발을 들며 달려들려 했고, 순식간에 방어복으로 감싼 손을 낚아채 흔들었다.

조커를 떼어내려 손을 흔들수록 무는 힘은 더 세졌다.

핸들러는 방어복을 버리라고 했다.

군견을 떼어낼 수 유일한 방법은 방어복을 벗는 것뿐이다. 선동이 끝난 후에도 조커는 자신의 잇몸에서 나온 피가 묻어 있는 방어복을 쳐다보며 흥분을 가라앉히지 못했다. 김석종 소대장은 "훈련 시 사고 위험률을 낮추는 유일한 길은 핸들러와 군견이 친숙함을 도모하는 것뿐이며, 이에 서로 짝을 정해줄 때부터 신중을 기한다"고 설명했다.

군견에 대한 모든 것

현재 우리나라의 군견 수는 1,400여 두 정도로 육군이 700여 두, 공군이 530여 두, 해병대를 포함한 해군이 160여 두를 보유하고 있다. 군견의 관리 비용은 작전견의 경우 연간 1,500만 원가량 소요되며, 종견의 마리당 가격은 1,000만 원을 웃돈다.

군견의 종류는 수색, 추적, 경계, 탐지임무를 수행하는 독일산 셰퍼드, 추적 속도가 뛰어나 수색, 추적, 경계임무를 수행하는 벨기에산 벨지움 말리노이즈, 사람이나 동물에 공격성을 가지고 있지 않아 폭발물 탐지를 담당하는 영국산 라브라도 리트리버가 있다.

한국 대표 견종인 진돗개의 경우는 한 주인에 대한 충성심이 워낙 뛰어나 군견으로서는 적합하지 않다. 군견을 관리하는 장병들이 제대할 경우 통제가 쉽지 않기 때문이다. 또 사람보다 짐승에 호기심이 많아 추적 임무 등이 불가능하다.

군견은 관리조항에 따라 사람의 나이 65세에 해당하는 9~10세가 되면 후각과 추적 능력이 떨어지게 돼 안락사시키거나 대학 등에 연구용으로 기증된다. 사회 배출을 차단하는 것은 군견이 시중에 나돌게 됨으로써 발생하는 부작용을 방지하기 위해서다.

제8전투비행단 정비대대

F-5 전투기 출격 준비 이렇게 한다

F-5 프리덤 파이터F-5 Freedom Fighter, 미국의 노스럽 사가 1962년부터 생산하기 시작한 전투 비행기다.

우리나라는 1970년대부터 도입하여 운용하고 있다. 길이 14.45미터에 날개 폭은 8.13미터, 무기를 탑재하지 않은 상태의 무게는 4,349킬로그램이다.

F-5는 시속 1,700킬로미터까지 낼 수 있는 초음속 전투기로, 초당 최대 175미터까지 올라 15킬로미터 고도까지 올라갈 수 있다.

화려함 뒤에 갖춰진 노력

F-5 전투기는 우리 군의 주력을 이루고 있으며, 향후 고등훈련기 T-50이 배치될 강원도 원주 제8전투비행단을 찾았다. 벙커 모양의 이글루 안에 출격 대기 중인 F-5E/F 전투기 여러 대가 위용을 뽐냈다. 국내 전투기 중 초기 대응 시간이 가장 빠른 F-5 전투기 주변엔 정비대대, 무장대대 인력으로 구성된 장병 6~7명이 탄약 장착을 비롯한 정비에 한창이었다. 이들은 마치 F1 자동차 정비원들이 경기 중 차량 정비를 하듯 일사분란하게 움직이며 전투기의 출격 준비를 하고 있었다. 전투기의 화려한 비행은 이들의 세심함과 희생이 없다면 불가능할 것이다.

출격 1시간 30분 전에 출격 명령이 떨어졌다.

이글루 안에 대기 중이던 F-5 전투기 조종석에 기장이 탑승해 연료 보급량을 확인한 후 주유 차량이 연료를 주입하기 시작했다.

F-5 전투기의 최대 주입량은 내부연료탱크 715G/L 정도이며, 외부연료는 275G/L까지 가능하다.

기장이 주입 신호를 보내자 연료 차량 보급기가 작동하고, 분당 250G/L의 속도로 5분 만에 주입을 마쳤다.

그 사이 전투기 밑 부분에서는 정비대대 장병들이 조종사에게 산소를 공급해주는 액체산소 주입Lox serving을 하고 있었다. 조종사의 고고도 임무 수행엔 산소 공급이 반드시 필요하다. 산소탱크에는 액체산소가 5L 정도 주입되며, 1시간 비행 임무시 조종사는 0.5L 정도를

마시게 된다. 산소 주입 작업은 액체산소의 온도가 영하 190도 정도
인 점을 감안해 안전 복장, 얼굴 보호 마스크를 갖추고 실시된다.

이 많은 일들이 고작 15분 사이에 이루어졌다.

출격 1시간 15분 전이 되자 무장대대 장병들이 등장했다.

그들은 무유도항공폭탄 MK-82를 장착하기 위해 전투기 날개와
폭탄 연결 역할을 하는 파일론PYLON을 장착하고 MK-82를 무장견인
차에 실었다.

필자는 폭탄 뒷날개 부분을 잡고 견인차의 중심을 맞추려 했지
만 쉽지 않았다.

무게로 인해 폭탄이 앞으로 쏠리고 중심을 잡지 못했다.

무장반장의 호통이 이어졌다.

견인차가 날개까지 폭탄을 들어 올리는 과정에서 뒤틀림 없이
파일론과 맞아야 하기 때문에 여러 번 시행착오를 겪어야만 했다.

이어 장착된 폭탄은 앞뒤 고정나사로 조이고 불발을 막기 위해
신관을 이중으로 장착했다.

출격 40분 전이 되었다.

열추적 항공유도탄인 AIM-9 공대공미사일을 장착하기 위해 "전
방 통제"라는 무장반장의 구호와 함께 이글루 전방의 위험물질을
제거한 뒤 미사일을 장병 두 명과 함께 조심스럽게 들어 올렸다.

날개 끝부분의 홈에 맞춰 장착한 후 안테나와 적군 미사일을 교
란시키는 주사위 모양의 채프 30개와 후레아 15개를 전투기 밑 부
분 상자에 채워 넣었다.

그사이 적 전투기와 교전할 때 사용되는 M39 기총에 장착하기

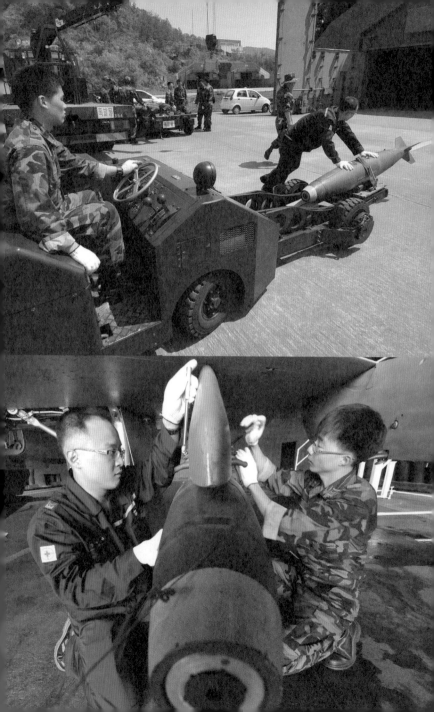

위해 전투기 앞부분에서는 20밀리미터 실탄을 바닥에 늘어놓았다.

상공 전시 상황에서 실탄을 발사하게 되면 자칫 탄피가 전투기 양옆 엔진 흡기구로 빨려 들어가는 경우가 있다. 이 경우 엔진 고장으로 전투기가 추락할 수 있다. 따라서 탄피가 기체에 들어가거나 부딪치지 않게 하기 위해 초당 30피트 속도로 전투기 아래로 쏴준다.

출격을 위한 정비 시간이 절반 이상 지나자 장병들의 손길은 더욱 빨라지기 시작했다.

실탄을 좌우측 각각 280발씩 장착하기 위해, 일렬로 연결된 실탄과 실탄 사이에 두 손가락을 끼고 전투기 앞부분 탄창 높이까지 일일이 들어 올려야 했다.

한쪽 탄창에 장착되는 280발의 무게만도 130킬로그램이었다.

100발 정도를 손가락으로 들어 올리자 손목이 끊어질듯 아파왔다.

또 성급히 올리려는 마음에 실탄이 얽혀 잘 올려지지 않았다.

반대편 실탄은 숙련된 장병이 벌써 280발 모두 장착한 상태지만 필자는 절반도 올리지 못한 상태였고, 실탄 280발을 다 들어 올리는 데 시간이 너무 지체되고 말았다.

개봉박두, 출격 임박!

출격 25분 전이 되었다.

무장대대가 각종 무기를 장착하는 사이 정비대대 장병들은 엔진

공기흡입구Intake Section 점검을 시작했다.

가로 25센티미터, 세로 35센티미터 정도인 흡입구에 몸을 집어넣어 4미터 전방 엔진 앞부분까지 들어가 균열이나 찌그러짐 등이 있는지 육안으로 직접 상태를 점검해야 했다.

몸을 눕혀 차디찬 바닥을 밀고 들어가자 몸을 움직이기는커녕 손조차 제대로 움직일 수 없었다.

엔진 앞부분까지 조명을 끌고 들어가 프로펠러 이상 유무와 못이나 돌 같은 이물질 존재 여부를 확인하고 나오자 온몸은 땀으로 범벅이었다.

엔진 뒷부분을 확인하기 위한 점검A/B Section을 마치고 전투기 착륙 시 속도를 최대한 줄여주는 낙하산을 전투기 뒷부분에 장착했다.

출격 명령이 떨어진 전투기를 점검하는 임무는 시간도 중요하지만 세밀한 점검이 우선이다. 정비 과정에서 하나의 사항이라도 놓칠 경우 전투에서의 패배로 이어질 수도 있기 때문이다. 아무리 우수한 전투기라도 정비가 불량하면 사고 위험을 벗어날 수 없다.

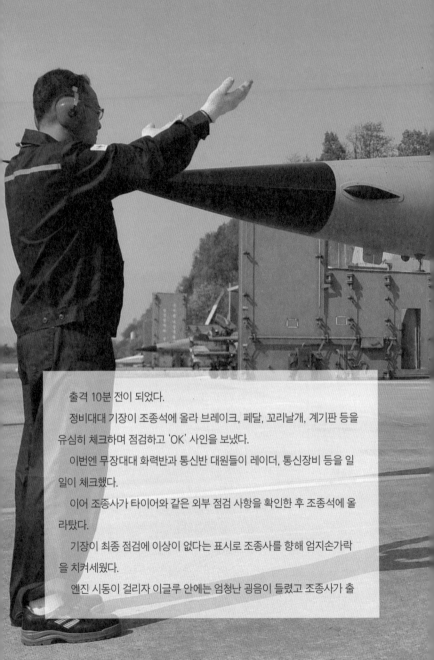

출격 10분 전이 되었다.

정비대대 기장이 조종석에 올라 브레이크, 페달, 꼬리날개, 계기판 등을 유심히 체크하며 점검하고 'OK' 사인을 보냈다.

이번엔 무장대대 화력반과 통신반 대원들이 레이더, 통신장비 등을 일일이 체크했다.

이어 조종사가 타이어와 같은 외부 점검 사항을 확인한 후 조종석에 올라탔다.

기장이 최종 점검에 이상이 없다는 표시로 조종사를 향해 엄지손가락을 치켜세웠다.

엔진 시동이 걸리자 이글루 안에는 엄청난 굉음이 들렸고 조종사가 출

격 준비를 하는 사이 항공유도대원들은 귀마개를 한 채 이글루 앞에서 수 신호를 보냈다.

필자의 지상유도 수신호에 따라 항공기는 전진을 시작했고 조종사는 방향을 틀어 활주로를 향해 이동, 임무를 위해 힘차게 날아올랐다.

정비대대 윤장환 대대장은 "전투기가 날아올라 임무를 무사히 마치고 돌아올 때 정비대대로서 무한한 자부심을 느낀다"고 설명했다. "F-5 기종 이 주를 이루는 제8 전투비행단의 경우 10년 이상 경험을 쌓은 전문 정비 인력이 42퍼센트나 포진해 노후 기종에 대한 불안감은 전혀 가질 필요가 없다"고 설명했다.

항공우주의료원

전투기 조종사의 필수 훈련, 항공우주생리교육훈련

'국군의 날'을 비롯해 각종 대형 군대 행사 때 공군은 전투기의 시범 비행을 선보인다. 전투기 조종사들이 이 같은 고난도 비행술을 보이기 위해서는 일반인들이 감내하기 힘들 정도의 훈련 과정을 겪어야 한다. 실제로 체험 훈련을 받은 필자는 거의 '초주검'이 됐다.

전투기 조종사나 일반 항공기 조종사들이 조종간을 잡기 위해서는 항공우주의료원에서 교육을 받아야 한다. 조종사는 물론, 한국 최초 우주인 이소연 씨도 이곳에서 교육을 받았다.

충북 청원군 공군사관학교 옆에 위치한 항공우주의료원은 울창한 나무로 둘러싸여 평화롭게만 보였다. 그러나 전투기 조종사들은 '항공우주생리교육훈련'의 기본인 저산소, 가속도, 비행 착각, 비상탈출 등과 같은 특수한 환경을 견뎌낼 수 있는 교육을 받느라 여념이 없었다.

중력과의 싸움, 내성강화훈련

교관의 안내에 따라 먼저 간 곳은 내성강화훈련장이었다. 내성강화훈련이란 전투기가 급격하게 방향을 바꾸거나 속도를 높일 때 신체에 생기는 온갖 현상을 익히기 위한 훈련이다. 여기서 말하는 신체 현상이란 급격한 중력가속도를 받을 때 신체에서 일어나는 변화를 말한다. 사람이 일상생활을 할 때는 1G, 바이킹을 탈 때는 최고 2G 정도를 느낀다고 한다.

이날 체험할 중력은 6G였다. 그것도 20초 동안 버텨야 했다. 일반인은 4G 정도만 돼도 정신을 잃고 만다고 한다. 교관들 역시 10명 중 3명 정도만 이 훈련을 통과할 수 있다고 교관들은 귀띔했다. 우리 공군의 주력 전투기인 F-15K와 F-16 조종사는 음속의 2배 이상의 속도로 나는 만큼 9G에서 15초를 견뎌내야 한다고 한다. 주력에서 밀려났지만, 속도에서는 뒤지지 않는 F-4 팬텀과 훈련기로 밀려난 F5 조종사라면 7.3G에서 20초를 버텨야 한다.

가속도내성강화장비G-LAB에 올라 자리에 앉은 다음 뚜껑을 닫았다.

깜깜한 전방에 세 개의 불빛이 선명하게 보였다.

G-LAB은 분당 47회전의 속도로 돌며, 최고 15G까지 중력가속도를 끌어올릴 수 있는 장비다.

"준비됐냐"는 교관의 마이크 소리를 듣자마자 스틱을 잡아당겼다.

갑자기 온몸에 터질 듯한 압박감이 밀려들었다.

3개의 불빛은 어느새 1개밖에 보이지 않았다.

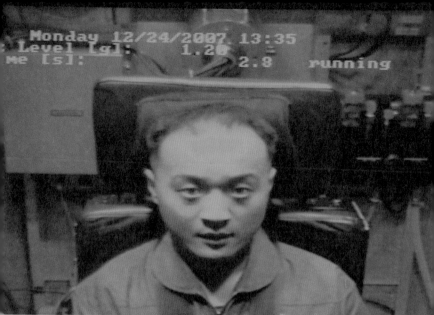

피가 아래로 급격히 쏠리면서 시야가 좁아진 탓이다.

이렇게 시야가 좁아지는 현상을 그레이아웃gray out, 완전히 사라지는 현상을 블랙아웃black out이라고 한다.

내성강화훈련에는 특유의 호흡법이 있다.

3초 단위로 숨을 들이마셨다가 내쉬기를 반복했다.

1초가 3년처럼 느껴졌다.

얼굴은 깊은 바다에서 수압을 받은 캔이 찌그러지듯 일그러졌다.

아무리 정신을 차리려 해도 눈앞이 흐려지고 정신이 혼미해지는 것을 막을 수 없었다.

어느새 20초가 지나 회전 속도도 줄어들더니 다시 1G로 돌아와 있었다.

그러나 다리와 온몸이 떨려 제대로 일어설 수가 없었다.

부상위험 도사리는 비상탈출훈련

쉴 틈도 없이 비상탈출훈련에 돌입했다. 전투기의 비상탈출 장비는 1992년 미국에서 도입한 장비로 압축 공기를 이용해 순간속도를 6G 정도로 내 조종사가 탈출하게 도와주는 장비다. 조종사가 비상탈출을 할 때는 캐노피가 자동으로 열리고 조종석이 위로 튕겨져 올라간 다음 낙하산이 펴진다. 이때 자세가 올바르지 않으면 조종사는 크게 다칠 수 있다. 따라서 평소 자세를 익힐 수 있는 훈련을 부단히 해야 한다.

엉덩이와 어깨, 허리 등을 일직선으로 고정하자 탈출 명령이 떨어졌다.

손잡이를 잡아당기자 순식간에 3미터 높이로 솟아올랐다.

1시간가량 쉰 다음 '에이스센터'로 이동했다. 이곳에는 미국항공우주국NASA에서 우주비행사 훈련 목적으로 개발한 오보트론Obortron 장비가 기다리고 있었다. 2003년에 도입한 것으로 3차원으로 회전하며 근력을 강화시키는 장비라고 했다.

장비에 몸을 고정하자 상하좌우로 빙빙 돌기 시작했다.

정신을 똑바로 차리려고 이를 앙다물었지만 아래위로 혹은 좌우로 돌기시작하자 뱃속에 있는 음식물이 목청까지 차 올라왔다.

끝까지 이를 앙다물어 간신히 버텼다.

훈련 시간은 5분이었지만 이 역시 영겁의 시간처럼 느껴졌다.

방향감각을 잃게 하는 비행착각체험

겨우 균형감각을 찾을 즈음 비행착각체험을 위한 자이로랩GYRO-LAB으로 자리를 옮겼다. 장비의 외형은 가속도내성강화장비와 비슷했다. 가운데 축을 중심으로 회전을 하면서도 상하좌우로 위치와 경사에 변화를 주는 게 달랐다. 이렇게 하면 방향감각을 상실한다고 교관들은 설명했다. 한쪽 방향으로 돌다가 멈추더라도 몸은 계속 돌고 있는 것처럼 느끼기 때문이다.

어두운 방 안에 들어가니 한동안 도는 느낌이 들었다.

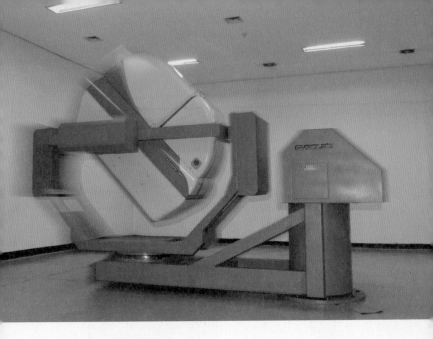

"비행체의 수평을 잡아보라"는 교관의 지시에 비행체 스틱을 움직여 수평을 잡아봤다.

모니터를 켜보니 비행체는 여전히 한쪽으로 기울어 있었다.

교관은 "야간 비행 등 특수한 환경에서는 감각보다 계기판의 수치를 무조건 믿어야 한다"면서 "야간 비행 때는 비행체가 뒤집힐 경우 바다와 하늘을 구분하지 못해 추락하는 경우가 발생하는 만큼 이 훈련을 반드시 거쳐야 한다"고 설명했다.

마지막으로 고공저압환경훈련장으로 갔다. 높은 고도를 비행할 때는 뇌에 공급되는 산소가 부족해져 간단한 논리사고를 하기 어렵다고 한다. 이를 테면 구구단이나 덧셈. 뺄셈조차도 하기 어렵게 된다. 이 같은 어려움을 극복하고 주어진 임무를 수행하기 위해 저압

환경에 적응해야 하는 것이다.

이날 훈련에서 저압 환경은 높이 2만 5,000피트에 해당했다.
아프리카의 킬리만자로 산보다 더 높은 높이로 저압 환경을 만들
고 산소마스크를 벗었다.
점점 어지러워지더니 손이 하얗게 변하기 시작했다.
결국 구구단도 끝까지 적지 못하고 마스크를 써야 했다.

창공을 가르며 우리의 영공을 방어하는 공군 전투기 조종사들은
이런 훈련을 3년에 한 번씩 2박 3일 동안 정기적으로 받는다고 한다.
창공을 내려다보며 구름 사이를 누비는 그들에게는 이처럼 험난한
고통이 뒤따르고 있었다. 그들에게 박수를 치지 않을 수 없었다.

ⓒ 양낙규 2016

초판 1쇄 | 2016년 9월 23일

지은이 | 양낙규
펴낸이 | 정미화 기획편집 | 정미화 정일웅 디자인 | 김현철
경영총괄 | 유길상 콘텐츠지원 | EK티쳐 (주)굿지앤
펴낸곳 | (주)이케이북 출판등록 | 제2013-000020호
주소 | 서울시 관악구 신원로 35, 913호
전화 | 02-2038-3419 팩스 | 0505-320-1010
홈페이지 | ekbook.co.kr 전자우편 | ekbooks@naver.com

ISBN 979-11-86222-09-6 03810